El pozo y el péndulo y otros tormentos

Edgar Allan Poe

El pozo y el péndulo y otros tormentos

Nueva traducción al español
traducido del inglés por Lynnea Mendoza

ROSETTA EDU

Título original de los relatos y primera publicación: «The Pit and the Pendulum», 1843; «The Man of the Crowd», 1845; «The Power of Words»,
1845; «Von Kempelen and His Discovery», 1849; «Berenice», 1835; «The
Man That Was Used Up», 1839; «The Unparalleled Adventure of One Hans
Pfaall», 1850.

Ilustración de tapa: «El pozo y el péndulo» («The Pit and the Pendulum»),
impreso y publicado por Keppler & Schwarzmann, Puck Building, 26 de
mayo de 1909. Ejemplar en la Biblioteca del Congreso de los Estados Unidos.

Rosetta Edu Ltd.

Primera edición: Diciembre de 2025

Publicado por Rosetta Edu
Londres, diciembre de 2025
www.rosettaedu.com

ISBN: 978-1-83647-153-0

CLÁSICOS EN ESPAÑOL

Rosetta Edu presenta en esta colección libros clásicos de la literatura universal en nuevas traducciones al español, con un lenguaje actual, comprensible y fiel al original.

Las ediciones consisten en textos íntegros y las traducciones prestan especial atención al vocabulario, dado que es el mismo contenido que ofrecemos en nuestras célebres ediciones bilingües utilizadas por estudiantes avanzados de lengua extranjera o de literatura moderna.

Acompañando la calidad del texto, los libros están impresos sobre papel de calidad, en formato de bolsillo o tapa dura, y con letra legible y de buen tamaño para dar un acceso más amplio a estas obras.

Rosetta Edu
Londres
www.rosettaedu.com

INDICE

EL POZO Y EL PÉNDULO

Impia tortorum longas hic turba furores
Sanguinis innocui, non satiata, aluit.
Sospite nunc patria, fracto nunc funeris antro,
Mors ubi dira fuit vita salusque patent.
(Cuarteto compuesto para las puertas de un mercado que
ha de ser construido en donde se reunía el Club de los Jac-
obinos en París).

Tenía náuseas, náuseas de muerte después de aquella larga agonía; y cuando por fin me desataron y me permitieron sentarme,
sentí que mis sentidos me abandonaban. La sentencia —la temi-
da sentencia de muerte— fue la última enunciación inteligible
que registraron mis oídos. Después de eso, el sonido de las voces
inquisitoriales parecía mezclarse en el indeterminado zumbido de un sueño. Aquel ruido le transmitía a mi espíritu la idea
de *revolución,* tal vez por su parecido con el rumor de una rueda
de molino. Pero eso fue solo por un instante, pues pronto ya no
se escuchaba nada. Sin embargo, por un momento, pude ver...
¡Aunque es una terrible exageración decirlo! Vi los labios de los
jueces vestidos de negro: me parecieron pálidos, más pálidos incluso que la hoja en la que ahora trazo estas palabras, y tan delgados que rozaban lo grotesco, enflaquecidos por la intensidad
de su expresión de firmeza, de inamovible resolución, de absoluto desprecio hacia el dolor humano. Vi cómo los decretos de lo
que para mí era el Destino se desbordaban por esos labios. Los
vi retorcerse en mortal locución. Los vi pronunciar las sílabas de
mi nombre, y me estremecí cuando no hubo sonido que siguiera
el movimiento. También vi, por algunos momentos de delirioso
horror, la suave y casi imperceptible ondulación de las cortinas
oscuras que velaban las paredes del lugar. Entonces mis ojos se
posaron en siete velas altas sobre una mesa. En un principio parecían ataviadas de caridad, como si fueran ángeles níveos y es-
beltos que habrían de salvarme; pero entonces, de repente, una
sensación de asco mortal atestó mi alma y sentí cada fibra de mi
cuerpo contorsionarse como si hubiera tocado el cable desnu-
do de una batería galvánica. Tras esto, las figuras angelicales se
convirtieron en espectros insignificantes con cabezas en llamas.
En ese momento entendí que de ellas no vendría ninguna ayuda.

Entonces, cual suntuosa nota musical, la idea del dulce descanso que espera en el sepulcro se instaló en mi mente. El pensamiento llegó gentilmente, furtivamente, y pasó algún tiempo antes de que lo considerara con seriedad, pero justo cuando mi alma empezaba a meditarlo, las figuras de los jueces se desvanecieron como por arte de magia. Las velas se sumergieron en la nada; las llamas se apagaron totalmente; sobrevino la oscuridad de las tinieblas; y todas las sensasiones fueron consumidas por un descenso vertiginoso, como el del alma que llega al Hades. Después, el universo se volvió silencio, noche y calma.

Me había desmayado, pero no puedo afirmar que había perdido la conciencia por completo. No intentaré definir, incluso describir, lo que quedaba de ella, pero sé que no se había perdido por completo. En medio del más hondo sueño... ¡No! En medio del delirio... ¡No! En medio del desmayo... ¡No! En medio de la muerte... ¡No! Ni siquiera en la muerte... *no todo se pierde*. De otra manera, no habría inmortalidad para el ser humano. Al despertar del más profundo letargo, rompemos la diáfana red de *algún* sueño. Y, sin embargo, al pasar un segundo, ya no recordamos haber soñado, pues tan frágil era aquella. Al regresar de un desmayo a la vida, hay dos etapas: en primera instancia, el regreso mental o espiritual; en segunda, el regreso de la existencia física. Una vez concluida la segunda etapa, es posible que, al recordar nuestras impresiones de la primera, las encontremos cifradas elocuentemente en reminiscencias sobre el abismo que está más allá. Y este abismo, ¿qué es? ¿Cómo, al menos, habremos de distinguir sus sombras de aquellas que envuelven la tumba? E incluso si estas memorias de lo que he llamado la primera etapa no se pueden recordar a voluntad, ¿no es verdad que, después de un largo intervalo, llegan desenfrenadas mientras nosotros, maravillados, nos preguntamos de dónde vienen? Quien nunca se ha desmayado no puede encontrar palacios extraños y rostros increíblemente familiares entre las brasas; no puede contemplar las visiones tristes que flotan en medio del aire y que la mayoría no puede ver; no es aquel que medita sobre el perfume de una flor desconocida; ni aquel cuyo cerebro se hincha de desconcierto al escuchar una cadencia musical que nunca había captado su atención.

En medio de mis repetidos y ensimismados esfuerzos por recordar, en medio de mis intentos de recuperar algún vestigio de ese estado de aparente vacío en el que mi alma había sido absorbida, ha habido instantes en que he vislumbrado el triunfo. Ha habido periodos muy breves, brevísimos, en los que conjuro recuerdos sobre ese estado, recuerdos que, según la lúcida razón de una época posterior, solo pueden referirse a esa aparente condición de inconsciencia. Estos atisbos de recuerdos apuntan, entre sombras, a siluetas altas que me levantaron y me transportaron, en silencio, hacia abajo, aún más hacia abajo, cada vez más abajo, hasta que la simple idea de un descenso infinito hizo que me invadiera un vértigo espantoso. Así, también, esos trazos de memoria me hablan de un vago temor anidado en mi corazón, precisamente por la calma sobrenatural de ese corazón. Entonces viene una sensación de súbita inmovilidad en todas las cosas, como si aquellos que me llevaban, ese tren espectral, hubieran llegado, en su descenso, a los límites de lo ilimitado, y se hubiesen detenido, por fin terminando con el hastío de su labor. Después de esto, recuerdo humedad e insipidez; más tarde, solo *locura*, la locura de una memoria que existe entre lo prohibido.

De pronto regresaron a mi alma el sonido y el movimiento: la tumultuosa vibración del corazón y, en mis oídos, el sonido de su palpitar. Luego vino una pausa de puro silencio. Y, de nuevo, sonido, movimiento y tacto, en la forma de un cosquilleo que recorrió todo mi cuerpo. Después llegó la mera consciencia de existir, sin necesidad de pensar al respecto, condición que duró mucho tiempo. Entonces, repentinamente, *pensamiento*, terror escalofriante y una búsqueda empedernida por comprender en qué situación me encontraba realmente. Luego, un fuerte deseo de regresar a la insensibilidad. Y, al fin, un impulso rejuvenecedor del alma y un movimiento exitoso. Después, el recuerdo completo de los jueces, de las cortinas oscuras, de la sentencia, de las náuseas, del desmayo. Todo lo que siguió se encuentra en completo olvido. Solo gracias al tiempo y a un resuelto esfuerzo he logrado recordar vagamente.

Hasta ese momento, todavía no había abierto los ojos. Sentí que yacía de espaldas, sin ataduras. Extendí mi mano y esta cayó en algo húmedo y sólido. Durante varios minutos, la dejé descansando ahí, mientras intentaba imaginar en dónde estaba y *qué* era de mí. Ansiaba, pero no me atrevía, a usar mi visión. Temía la primera mirada a mi alrededor, no por miedo de contemplar cosas espeluznantes, sino por la idea de que no hubiera *nada* que ver. Después de un momento, con el corazón lleno de feroz angustia, abrí mis ojos rápidamente. Entonces, mis peores pensamientos se volvieron realidad: la oscuridad de una noche eterna me envolvía. Me costaba respirar; la intensidad de la oscuridad parecía oprimirme y asfixiarme. La atmósfera me parecía intolerablemente estrecha. Me quedé quieto, en silencio, y me esforcé por hacer uso de razón. Recordé los procedimientos de la Inquisición e intenté, a partir de esa memoria, deducir cuál era mi condición presente. La sentencia había sido aceptada. Sentía que, desde entonces, un largo periodo de tiempo había pasado; sin embargo, ni siquiera por un momento pensé que estaba muerto. Tal suposición, sin importar lo que leemos en la ficción, es totalmente incompatible con la realidad. Pero ¿en dónde y en qué situación estaba? Sabía que los condenados a muerte por lo general mueren en los *autos de fe,* y que uno de estos había tomado lugar justamente en la noche de mi juicio. ¿Es que acaso se me había regresado al calabozo, a la espera del próximo sacrificio, todavía a meses de repetirse? De inmediato supe que este no podía ser el caso. Las víctimas nunca dejaban de ser requeridas. Además, mi prisión, así como todas las condenadas prisiones de Toledo, tenía pisos de piedra y la luz no era del todo inexistente.

Una terrible idea hizo que torrentes de sangre inundaran mi corazón y, por un momento, regresé una vez más a la inconsciencia. Al recuperarme, me puse de pie, temblando en convulsiones que atacaban cada fibra de mi cuerpo. Arrojé los brazos al aire, salvajemente, alrededor de mí y en todas direcciones. No sentí nada, pero no me atrevía a dar ni un paso, por miedo a chocar con las paredes de una *tumba.* El sudor me brotaba de cada poro, agrupándose en gotas frías y gigantes sobre mi frente. Eventualmente, la agonía del suspenso se volvió intolerable y di un paso adelante, con los brazos extendidos y los ojos casi saliéndose de sus cuencas, con la esperanza de captar algún tenue rayo de luz. Continué así muchos pasos, pero siempre en medio de oscuridad y vacío. Ya podía respirar con más libertad. Parecía evidente que, por lo menos, mi destino no era el más atroz de todos.

Mientras daba pasos cautelosos, todos aquellos vagos rumores que había escuchado sobre los horrores de Toledo regresaron a mí. Se contaban cosas extrañas de los calabozos —cosas que siempre tomé por cuentos—, historias demasiado aterradoras como para repetirlas salvo en voz baja. ¿Me habían abandonado para morir de hambre en este mundo de subterránea oscuridad? ¿O qué destino, tal vez incluso más terrorífico, me esperaba? Conocía demasiado bien el carácter de mis jueces, así que no podía dudar que el resultado final fuera la muerte, y una muerte mucho más amarga de lo habitual. El cómo y el cuándo eran las únicas cosas que me preocupaban.

Mis manos extendidas, después de un tiempo, encontraron un tipo de obstrucción sólida. Era una pared, aparentemente de piedra y mampostería, muy suave, viscosa y fría. La seguí, caminando con toda la desconfianza que las historias antiguas me inspiraban. Este proceso, sin embargo, no me permitía conocer las dimensiones de mi prisión, pues la pared era tan uniformemente perfecta que bien podía completar el circuito y regresar al punto en donde comencé sin darme cuenta. Entonces busqué entre mi bolsillo el cuchillo que tenía antes de entrar a la cámara de la Inquisición, pero ya no estaba. Mi vestimenta había sido cambiada por una envoltura de áspera sarga. Había pensado en clavar el cuchillo en alguna grieta de la pared, de manera que pudiera usarlo para identificar mi punto de partida. Esta dificultad, sin embargo, era trivial, a pesar de que, a causa del desorden en mi mente, en un principio, me pareció insuperable. Arranqué un pedazo de la bastilla de la ropa y lo coloqué en el suelo, en toda su longitud, formando un ángulo recto con la pared. Al recorrer a tientas la pared de mi prisión, este pedazo de tela marcaría el final del circuito. Eso, por lo menos, es lo que pensé, pero no había tomado en cuenta la extensión de mi calabozo ni mi propia debilidad. El suelo estaba húmedo y resbaladizo. Me tambaleé hacia adelante por algún tiempo, hasta tropezarme y caer. A causa de mi fatiga excesiva me quedé tendido y el sueño pronto me consumió.

Al despertar y estirar un brazo, encontré junto a mí una hogaza de pan y una jarra con agua. Estaba demasiado exhausto como para reflexionar sobre este hecho, pero bebí y comí con avidez. Poco después, reanudé mi recorrido por la prisión y, con mucho esfuerzo, llegué al fragmento de sarga. Hasta el momento en que caí, había contado cincuenta y dos pasos y, desde que reanudé mi caminar, conté cuarenta y ocho pasos más hasta llegar a la tela. Eran, en total, cien pasos y, pensando que dos pasos equivalen a un metro, deduje que el circuito del calabozo medía cincuenta metros. Había sentido, sin embargo, varios ángulos en la pared, por lo que no podía adivinar la forma de la cripta, pues no podía sino suponer que de una cripta se trataba.

Tenía poco sentido —y ciertamente ninguna esperanza— llevar a cabo estas investigaciones, pero una vaga curiosidad me alentaba a continuarlas. Abandoné la pared y decidí cruzar el área del recinto. En un principio, procedí con extrema cautela, pues el suelo, a pesar de estar hecho de material sólido, era traicioneramente resbaladizo. Eventualmente, sin embargo, reuní coraje y di un paso firme, esforzándome por cruzar en una línea lo más directa posible. Había avanzado unos diez o veinte pasos cuando el resto de la bastilla de mi ropa se me enredó entre las piernas. La pisé y caí violentamente de cara al piso.

En la confusión de mi caída, no reparé de inmediato en un sorprendente detalle que, pocos segundos después, mientras yacía boca abajo, llamó mi atención. Se trataba de esto: mi barbilla descansaba sobre el suelo de la prisión, pero mis labios, así como la parte superior de mi cabeza, que aparentemente debería encontrarse a menor altura que la barbilla, no se apoyaban en nada. Al mismo tiempo, mi frente parecía estar bañada en un vapor pegajoso, y el olor peculiar de hongos podridos llegó a mis fosas nasales. Extendí el brazo y temblé al descubrir que había caído a la orilla de un pozo circular cuya profundidad, por supuesto, no tenía manera de verificar en ese momento. Tanteando la mampostería que rodeaba el pozo, arranqué un pequeño fragmento de piedra y lo dejé caer hacia el abismo. Durante largos segundos escuché la reverberación de los golpes de la piedra contra las paredes del pozo. Eventualmente, se escuchó una zambullida súbita, seguida de fuertes ecos. Al mismo tiempo, se escuchó más arriba de mí un sonido parecido al abrir y cerrar de una puerta, mientras que un débil rayo de luz iluminó la oscuridad solo para desaparecer inmediatamente.

Claramente vi la fatalidad que me esperaba y me felicité por ese oportuno accidente que me había salvado. Si hubiera dado otro paso antes de caer al suelo, el mundo nunca habría vuelto a saber de mí. Y aquella muerte que acababa de evitar era del mismo tipo que siempre me había parecido fantástica y frívola en las historias sobre la Inquisición. A las víctimas de su tiranía se les reservaba ya fuera una muerte llena de atroces agonías físicas o una con los más espantosos terrores morales. Yo estaba destinado a la segunda. Tan extenso había sido mi sufrimiento que mis nervios se encontraban perturbados, al punto de que temblaba por el sonido de mi propia voz y me había convertido en el sujeto perfecto para el tipo de tortura que me esperaba.

Temblando de pies a cabeza, me arrastré de regreso a la pared, resuelto a perecer ahí en lugar de arriesgarme a los terrores de los pozos que según mi imaginación debía haber por todo el calabozo. De haber tenido otra condición mental, me habría armado de coraje para saltar a uno de esos abismos y terminar con mi sufrimiento de una vez, pero en ese momento era el más grande de los cobardes. Tampoco podía olvidar lo que había leído sobre esos pozos, sobre cómo una extinción de vida *inmediata* era lo último que ofrecían.

La agitación de mi espíritu me mantuvo despierto durante muchas largas horas, pero, después de un tiempo, volví a quedarme dormido. Al despertar, encontré a mi lado, como la vez anterior, una hogaza de pan y una jarra de agua. Tenía una sed ardiente, así que vacié el recipiente de inmediato. Seguramente el agua había sido drogada, pues apenas terminé, me sumí en un irresistible letargo. Un sueño profundo me consumió entonces, tan profundo como la muerte. No sé cuánto tiempo estuve en ese estado, pero cuando nuevamente abrí los ojos, ya podía ver los objetos a mi alrededor. Gracias a un resplandor sulfuroso, cuyo origen no fui capaz de determinar al principio, pude contemplar la extensión y aspecto de mi prisión.

Respecto a su tamaño, me había equivocado enormemente. El circuito entero de sus paredes no podía medir más de veinticinco metros. Por algunos minutos, este hecho me generó un mundo de vana preocupación. Vana, en efecto, pues ¿qué podría ser de menor importancia, en esas terribles circunstancias, que las dimensiones de mi calabozo? Pero tal parecía que mi alma se interesaba por las nimiedades, así que me ocupé en descubrir por qué me había equivocado en mis mediciones. Después de un tiempo, la verdad llegó a mí. En mi primera exploración, había contado cincuenta y dos pasos hasta el momento en que caí. En ese momento debí haber estado a un paso o dos del pedazo de tela; de hecho, ya casi había completado el circuito del calabozo. Después de que dormí, una vez despierto, seguramente comencé el circuito en dirección contraria, regresando sobre mis pasos, de tal manera que supuse que la prisión medía el doble de lo que realmente era. Por culpa de la confusión en mi mente, no me di cuenta de que, al empezar mi camino, tenía la pared a mi izquierda y, al terminarlo, a la derecha.

También me había engañado con respecto a la forma del lugar. Al ir tanteando la pared, había sentido varios ángulos, por lo que había deducido una considerable irregularidad en la forma del calabozo; sin embargo, esos ángulos no eran más que simples y aleatorias depresiones o nichos. ¡Tan potente es el efecto de oscuridad total en alguien que apenas despierta del letargo o del sueño! En realidad, la forma general de la prisión era cuadrada. Lo que había pensado que era mampostería parecía más bien ser hierro, o algún otro metal, dispuesto en placas enormes, cuyas suturas o articulaciones provocaban las depresiones. Toda la superficie de ese recinto metálico rebosaba bruscamente de todas las repulsivas y horribles imágenes que les han dado lugar a las supersticiones sepulcrales sobre los monjes. Las paredes se veían desfiguradas por siluetas de bestias de aspecto amenazador, de forma esquelética, así como por muchas otras imágenes tenebrosas. Observé que los contornos de estas monstruosidades se veían lo suficientemente claros, pero los colores parecían más bien borrosos y opacos, como sufriendo los efectos de una atmósfera húmeda. Me di cuenta de que el suelo, de la misma manera, estaba hecho de piedra. En el centro abría sus fauces el pozo circular del que había escapado, pero no había ningún otro en el calabozo.

Todo esto lo pude ver claramente y con mucho esfuerzo, pues mi estado había cambiado enormemente durante mi sueño. Ahora yacía de espaldas, completamente extendido, sobre alguna especie de bastidor de madera, al cual estaba firmemente atado por una larga cinta que parecía un sobrecincho. La cinta pasaba, dando varias vueltas, por todo mi cuerpo y mis miembros, concediendo libertad solo a mi cabeza y hasta cierto punto mi brazo izquierdo, con el que, con mucho trabajo, podía alimentarme del plato de barro que yacía junto a mí en el piso. Vi, para mi desgracia, que se habían llevado la jarra de agua. Digo que fue una desgracia porque me atestaba una sed intolerable. Parece que esta sed era desginio de mis captores, pues la comida que estaba en el plato estaba excesivamente condimentada.

Mirando hacia arriba, examiné el techo de mi prisión. Tenía unos diez o doce metros de alto y estaba construído de manera semejante a las paredes. Una figura muy singular, pintada sobre uno de los paneles del techo, atrapó mi atención. Era la figura del Tiempo como se le suele representar, salvo que, en lugar de una guadaña, sostenía, a primera vista, lo que supuse era la imagen de un péndulo enorme, como los que se pueden ver en los relojes antiguos. Sin embargo, había algo en la apariencia de esa máquina que me obligaba a verla con más atención. Mientras miraba directamente hacia arriba, pues el péndulo estaba justo encima de mí, creí imaginar que se movía. Un instante después, esa fantasía se vio confirmada. La oscilación del péndulo era breve y, naturalmente, lenta. Lo observé por algunos minutos, en mera curiosidad. Cansado, después de un rato, de mirar su movimiento invariable, volví los ojos hacia los otros objetos de la celda.

Un ligero ruido atrajo mi atención y, al mirar hacia abajo, vi a varias ratas enormes atravesando el suelo. Habían salido del pozo, a mi derecha, al alcance de mi vista. Incluso entonces, mientras miraba, las ratas salían en grandes cantidades, apresuradas, con ojos hambrientos, atraídas por el olor de la carne. Requería mucho esfuerzo y atención alejarlas de la comida.

Puede que haya pasado media hora, quizá incluso una hora entera —mi noción del tiempo era imperfecta—, antes de que volviera a mirar hacia arriba. Lo que vi me confundió y me sorprendió. La amplitud de la oscilación del péndulo había aumentado casi un metro. Como consecuencia natural, su velocidad también se había visto incrementada. Pero lo que más me perturbaba era la idea de que había *descendido* percetiblemente. Entonces me di cuenta, con un horror que está de más mencionar, que la extremidad inferior del péndulo formaba una media luna hecha de metal reluciente, y que medía casi un metro de longitud de punta a punta. Tenía cuernos que apuntaban hacia arriba y el borde tan evidentemente afilado como una cuchilla. También como una cuchilla, el filo del péndulo era la última parte de un armazón que se iba haciendo cada vez más ancho, hasta formar una sólida y pesada estructura. El péndulo se sostenía de una gruesa vara de latón y toda la estructura *silbaba* a medida que cortaba el aire.

Ya no había manera de dudar la condena que me había preparado el ingenio para la tortura de los monjes. Los agentes de la Inquisición se habían dado cuenta de mi descubrimiento del pozo; *del pozo,* cuyos horrores se habían destinado a un recusante tan obstinado como yo; *del pozo,* símbolo típico del infierno, que era visto como la última Thule de todos sus castigos. Había evitado caer en ese abismo por el más casual de los accidentes y sabía que la sorpresa, o bien la trampa del tormento, era una parte importante de todas las muertes grotescas que sucedían en estos calabozos. Habiéndome librado de caer en el pozo, ya no era parte del plan demoniaco arrojarme al abismo. Ahora (ya no había alternativa), una diferente y más afable destrucción me esperaba. ¡Más afable! Casi sonreí de agonía mientras pensaba en la aplicación de dicho término.

¿De qué sirve hablar de las largas, largas horas de un horror más allá de lo mortal durante las que conté las precipitadas oscilaciones del metal? Centímetro a centímetro, línea por línea, con un descenso solo apreciable después de intervalos tan largos como eras. ¡Abajo! ¡Venía cada vez más abajo! Pasaron los días —puede que hayan pasado demasiados—, y ya el péndulo se movía tan cerca de mí como para rociarme con su mordaz aliento. Ese olor a metal afilado se incorporó a mis fosas nasales. Supliqué y harté de plegarias el cielo para que el péndulo descendiera más rápido. Cada vez me volvía más histérico, en delirio, e intentaba forzarme a empujar mi cuerpo hacia arriba, en el camino de la temible cimitarra. Y de pronto me sobrevino una calma que me dejó inmóvil y me hizo sonreír ante esa muerte resplandeciente como si fuera un niño ante singular ornato.

Siguió otro intervalo de total insensibilidad, breve, pues, al regresar a la vida, el péndulo no había descendido perceptiblemente. Pero también puede que haya sido un largo tiempo, ya que había demonios que pudieron notar mi desmayo y detener el descenso del péndulo a volutad. Al recuperarme, me sentí tan —cuán inexpresablemente— débil y enfermo, como si estuviera viviendo una larga inanición. Incluso en medio de la agonía de aquellas horas, la naturaleza humana suplicaba alimento. Con doloroso esfuerzo extendí el brazo izquierdo tan lejos como mi atadura me lo permitía y me apoderé del pequeño residuo que me habían dejado las ratas. Al llevarme la porción de comida a los labios, llegó a mi mente una idea apenas formada de alegría y de esperanza. Pero ¿qué tenía que ver *yo* con la esperanza? Era, como digo, una idea apenas formada. Es humano tener muchas de ese tipo, aquellas que nunca se ven completadas. Sentí que era de alegría, de esperanza; pero, al mismo tiempo, que había perecido entre sus cimientos. Luché en vano para perfeccionarla, para reclamarla. El prolongado sufrimiento había aniquilado casi por completo todas mis capacidades mentales comunes. No era más que un imbécil: un idiota.

La vibración del péndulo formaba un ángulo recto con la longitud de mi cuerpo. Me di cuenta de que la media luna estaba diseñada para atravesar la región del corazón. Desgarraría la tela de mi ropa... regresaría para repetir la operación... una y otra vez. A pesar de su terroríficamente amplio alcance (de doce metros o más) y del seseante vigor de su descenso, suficiente como para escindir las paredes de hierro, por al menos varios minutos, degarrar mi ropa era lo único que lograría. Y al pensar esto pausé. No me atrevía a pensar más allá de esta reflexión. Consideré esa idea con sagaz atención, como si, al hacerlo, pudiera detener *en ese punto* el descenso del metal. Me obligué a pensar en el sonido que la media luna haría al pasar a través de la prenda, en la peculiar y emocionante sensación que la fricción de una tela contra la piel produce en los nervios. Medité sobre todas estas frivolidades hasta que se me pusieron los nervios de punta.

Bajaba... se arrastraba hacia abajo a paso constante. Me dio un trastornado placer comparar su velocidad lateral con su velocidad al bajar. Hacia la derecha... hacia la izquierda... amplia y extensa... ¡con el grito de un espíritu maldito!... hacia mi corazón... ¡con el paso furtivo de un tigre! Me reí y grité alternadamente, según cuál de las dos acciones me dominara.

Bajaba... ¡definitivamente, incansablemente, bajaba! ¡Ya oscilaba a ocho centímetros de mi pecho! Luché violentamente, furiosamente, por liberar el brazo izquierdo. Este era el único brazo que tenía libre desde el codo hasta la mano. Podía llevarlo del plato a mi lado hasta mi boca, con gran esfuerzo, pero nada más. De haber roto las ataduras sobre el codo, podría haber intentado sujetar y detener el péndulo. ¡Pero bien podría haber intentado detener una avalancha!

Bajaba... todavía incesante... ¡todavía inevitable! Yo daba gritos ahogados y luchaba contra la vibración del péndulo. Me encojía convulsivamente con cada una de sus oscilaciones. Mis ojos seguían su camino hacia arriba y hacia abajo con la misma ansiedad de la más insignificante desesperación; ellos mismos se cerraban en espasmos al presenciar el descenso del péndulo. Aunque la muerte hubiera sido un alivio, ¡oh, era tan inefable! Se me estremecía cada nervio al pensar cómo un único error en la maquinaria precipitaría esa afilada y reluciente hacha contra mi pecho. Era *esperanza* lo que hacía mis nervios temblar... mi cuerpo encojerse. Era la *esperanza* —aquella esperanza que triunfa en el potro—, quien susurraba a los condenados a muerte, incluso en los calabozos de la Inquisición.

Me di cuenta de que diez o doce oscilaciones más harían que el metal llegara hasta la sarga de mi prenda, y con esta observación llegó a mi espíritu toda la aguda y serena calma de la desesperación. Por primera vez en muchas horas —o incluso días—, me puse a *pensar*. Se me ocurrió entonces que la cinta, o sobrecincho, que me envolvía era *de una sola pieza*. No tenía ninguna otra cinta atada. La primera pincelada del afilado descenso, transversal a cualquier punto de la cinta, bastaría para cortarla, y podría liberar mi persona con ayuda de mi mano izquierda. Pero ¡qué aterradora, en ese caso, la proximidad del acero! El resultado del más mínimo forcejeo, ¡qué letal! Además, ¿no era probable que los sirvientes de mi torturador ya hubieran previsto y prevenido esta posiblidad? ¿Qué tan probable era que mi atadura estuviera justo en el camino del péndulo? Pavoroso de encontrar que mi débil y, como parecía, última esperanza se veía frustrada, me atreví a elevar la cabeza para poder ver mi pecho. El sobrecincho me envolvía los miembros y cuerpo en todas las direcciones *salvo en el camino del descenso destructor*.

Apenas hube dejado caer la cabeza en su posición original, en mi mente relampagueó lo que no puedo describir sino como la disforme mitad de la idea de salvación a la que me refería previamente. Al llevar comida a mis labios ardientes, un fragmento de esta idea flotaba indeterminadamente en mi cerebro. La idea completa ahora existía: endeble, apenas cuerda, apenas definida, pero completa. De inmediato, con la energía nerviosa de la desesperación, intenté ejecutarla.

Durante muchas horas, las inmediaciones del bajo bastidor de madera en el que yacía habían estado repletas de ratas. Eran salvajes, osadas, voraces; la mirada de sus ojos rojos estaba puesta sobre mí como si solo esperaran que dejara de moverme para convertirme en su presa. «¿A qué tipo de alimento —pensé— se habrán acostumbrado en el pozo?». Habían devorado, a pesar de todos mis esfuerzos por ahuyentarlas, casi todo el contenido del plato, excepto una pequeña parte. Mi mano había caído en un monótono agitar sobre el plato, en abanico, y, eventualmente, la inconsciente uniformidad del movimiento le había arrebatado su efecto. En su hambruna, los parásitos frecuentemente apuntalaban sus afilados colmillos alrededor de mis dedos. Unté por toda la cinta, hasta donde alcanzaba, las partículas de la grasosa y especiada carne que quedaba. Luego, levanté la mano del suelo y me quedé completamente inmóvil.

En un principio, los animales famélicos se sobresaltaron y temieron el cambio, el cese de movimiento. Se encogieron y retrocedieron; muchos de ellos se dirigieron de vuelta al pozo. Pero esto duró solo un momento. No fue en vano que consideré su voracidad. Al observar que seguía quieto, una o dos de las ratas más valientes saltaron sobre el bastidor de madera y empezaron a oler el sobrecincho. Parece que esto fue la señal para los demás. Desde el pozo, se avecinaron en masa. Se sujetaron de la madera, corriendo por ella, y saltaron a centenares sobre mí. El rítmico movimiento del péndulo no les molestaba en absoluto. Evadiendo la cuchilla, las ratas se avalanzaron sobre la cinta embadurnada. Pululaban en cúmulos cada vez más grandes, ejerciendo presión sobre mí. Se retorcían sobre mi garganta; sus labios fríos buscaban los míos; casi me asfixiaban con su peso aglomerado. Asco, para el cual este mundo no tiene nombre, brotó de mi pecho y me dejó un escalofrío de espesa viscocidad en el corazón. Apenas había pasado un minuto y ya sentía que la lucha terminaba. Con toda claridad sentí cómo se aflojaba la cinta. Me percaté de que en más de un lugar ya había sido perforada. Con una resolución más allá de lo humano, me quedé *quieto*.

No calculé mal —ni soporté en vano—, pues, después de un rato, sentí que era *libre*. El sobrecincho colgaba en jirones sobre mi cuerpo. Sin embargo, la cuchilla del péndulo ya alcanzaba mi pecho. Había dividido la tela de la prenda. Había cortado también el lino debajo. Dos veces más se balanceó y un agudo dolor se disparó por todo mi cuerpo. Pero el momento del escape había llegado. Al agitar la mano, mis ratas salvadoras se fueron tumultuosamente. Con un solo movimiento —constante, cauteloso, de costado—, me deslicé, encogiéndome, lentamente, desde el encierro de la cinta hacia fuera del alcance de la cimitarra. Por un momento, al fin, *era libre*.

Libre… ¡en las garras de la Inquisición! Apenas me había alejado de mi lecho de horror de madera que estaba sobre el piso de piedra de la prisión cuando el movimiento de la máquina infernal se detuvo. Presencié cómo se elevaba, por medio de alguna fuerza invisible, hacia el techo. Esta fue una lección que me tomé desesperadamente en serio. Todo lo que yo hacía estaba siendo, sin lugar a duda, observado. Libre... pero había escapado de una forma de muerte agónica solo para sufrir, de alguna otra manera, algo peor que la muerte. Al pensar esto, mis ojos recorrieron nerviosamente las barreras de metal que me aprisionaban. Algo inusual había sucedido en el lugar, cambio que, al principio, no pude apreciar del todo. Por varios minutos, medité una confusa y trepidante abstracción —en vano, pues era inconexa conjetura—. Durante ese periodo, me di cuenta, por primera vez, del origen de la luz sulfurosa que iluminaba el calabozo. Venía de una fisura, de aproximadamente un centímetro de ancho, que rodeaba toda la prisión al pie de las paredes, de manera que parecía, y así lo era, que estaban completamente separadas del suelo. Intenté, pero, por supuesto, sin ningún éxito, ver a través de la apertura.

Al levantarme después de ese intento, comprendí el misterio de la alteración en la prisión. Antes había observado que, aunque las figuras pintadas en la pared eran suficientemente distintivas, los colores parecían borrosos e indefinidos. Estos colores ahora mostraban, y lo hacían en ese preciso instante, un sorprendente e intenso fulgor que le daba a las imágenes de espectros y bestias un aspecto que podría alterar nervios incluso más firmes que los míos. Ojos demoniacos, de salvaje y espectral vivacidad, me observaban desde mil direcciones, cuando minutos antes ninguno de ellos era visible, y brillaban con el ígneo resplandor de un fuego que ni siquiera mi imaginación podía concebir como irreal.

¡Irreal! ¡Incluso al respirar llegaba a mis fosas nasales el aliento del vapor del metal ardiente! ¡Un hedor sofocante invadía la prisión! ¡Un fulgor cada vez más profundo se asentaba en la odiosa mirada de aquellos ojos que contemplaban mi agonía! Un tono de escarlata todavía más intenso se esparció por todas las imágenes de horror sangriento. ¡Yo jadeaba! ¡Ya no tenía aire! No podía haber ninguna duda respecto al designio de mis torturadores... ¡Oh! ¡Qué implacables! ¡Qué hombres tan demoniacos! Me alejé del metal ardiente y llegué hasta el centro de la celda. En mi mente, al pensar en la abrasadora destrucción inminente, la idea de la frescura del pozo me colmó el alma como un bálsamo. Me acerqué a su orilla mortal. Mis ojos entrecerrados se dirigieron hacia abajo. El resplandor del techo encendido iluminaba

hasta sus más internos recovecos. Sin embargo, por un momento, mi espíritu se rehusó a comprender el significado de lo que vi. Eventualmente se impregnó a sí mismo —entró a la fuerza hasta mi alma—, se fundió en mi consciencia estremecida. ¡Ah, qué voz podría decirlo! ¡Qué horror! ¡Cualquier horror salvo aquel! Con un grito, me aparté de la orilla y enterré el rostro en las manos, llorando amargamente.

El calor aumentó rápidamente y, una vez más, miré hacia arriba, temblando como si me invadiera un ataque febril. Un segundo cambio había sucedido en la celda, y ese cambio radicaba obviamente en la forma. Como antes, fue sin éxito que intenté, en un principio, entender lo que estaba pasando. Pero no lo tuve que dudar durante mucho tiempo. La venganza inquisitorial se había adelantado a causa de mi doble escape y ya no iba a haber retrasos en mi encuentro con el Rey de los Espantos. La celda antes era cuadrada. Ahora, dos de sus ángulos de hierro eran agudos; los otros, por consiguiente, obtusos. La tenebrosa diferencia aumentó velozmente, con el sonido de un estruendo profundo y quejumbroso. En un instante, la prisión cambió su forma hasta convertirse en un rombo. Pero la transfiguración no se detuvo ahí, y yo no deseaba ni esperaba que se detuviera. Podría haber abrochado las paredes rojas a mi pecho como un prendedor de paz eterna. «¡Muerte! —dije— ¡Cualquier muerte salvo el pozo!». ¡Vaya tonto! ¿Acaso no sabía que *hacia el pozo* era hacia donde el metal ardiente me conducía? ¿Podría resistirme a su brillo? E incluso entonces, ¿podría resistirme a su empuje? Y el rombo se hacía cada vez más plano, con una rapidez que no me daba tiempo para pensar. Su centro que era, por supuesto, su parte más ancha, llegaba justo al abismo abierto. Intentaba alejarme, pero las paredes movedizas me acercaban sin que pudiera oponerme. Eventualmente, no quedaba ni siquiera un centímetro en el suelo firme de la prisión para mi cauterizado y convulso cuerpo. Dejé de pelear, pero la agonía de mi alma se articuló en un fuerte, largo y final grito de desesperación. Ya me sentía tambalear en el borde... tuve que desviar la mirada.

¡Y un discordante zumbido de voces humanas! ¡Una ruidosa explosión como de mil trompetas! ¡Un chirrido tan áspero como mil truenos! ¡Las paredes de fuego retrocedieron! Un brazo extendido atrapó el mío mientras caía, casi desmayado, hacia el abismo. Era el brazo del general Lasalle. El ejército francés se había adentrado en Toledo. Ahora la Inquisición estaba en las manos de sus enemigos.

EL HOMBRE DE LA MULTITUD

Ce grand malheur, de ne pouvoir être seul.

La Bruyère

Bien se ha dicho de cierto libro alemán que *er lasst sich nicht lessen*: no permite que se le lea. Hay algunos secretos que no permiten que se les escuche. Hay personas que mueren de noche en sus lechos, estrechando las manos de confesores fantasmales, mirándolos con lástima a los ojos; mueren con el corazón angustiado y la garganta convulsa por culpa de lo terrible que es que haya misterios que *no permiten* que se les revele. Ahora y entonces, la consciencia del ser humano lleva una carga de horror tan pesada que solo en la tumba es posible soltarla. Y, así, la esencia de todo crimen se mantiene secreta.

No hace mucho tiempo, cerca del final de una tarde otoñal, me senté en la ventana mirador del Café D... en Londres. Llevaba algunos meses enfermo, pero en ese momento ya estaba convaleciente, y con el aumento de mi energía, me encontraba en una de esas felices disposiciones que son precisamente lo contrario del *ennui* —estados de ánimo del mayor apetito, cuando se desvanece el manto de la visión interna: αχλυς ος πριν επηεν—, cuando el intelecto, electrificado, supera en gran medida su condición habitual, así como la vívida, aunque franca, lógica de Leibnitz rebasa la loca y endeble retórica de Gorgias. Simplemente respirar era un deleite, e incluso encontraba placer en muchas de las fuentes de dolor legítimas. Tenía un tranquilo pero curioso interés en todo. Me había entretenido con un cigarro en la boca y un periódico en el regazo por la mayor parte de la tarde; ya fuera leyendo los anuncios, ya fuera observando la variada compañía de la habitación, ya fuera mirando hacia la calle a través de los cristales velados por el humo.

Esta avenida es una de las principales vías de la ciudad, y había estado muy saturada durante el día entero. Pero, al llegar la oscuridad, la multitud aumentó momentáneamente; para cuando las lámparas ya estaban encendidas, dos densas y continuas olas de personas pasaban frente a las puertas. Nunca me había encontrado en una situación similar durante este periodo particular de la noche, por lo que el mar tumultuoso de cabezas humanas me llenaba de una deliciosa y nueva emoción. Me dejaron de importar las cosas dentro del hotel y me dejé absorber en la contemplación de la escena exterior.

En un principio, mis observaciones dieron un giro abstracto y generalizador. Miraba a los pasajeros en masa y pensaba en ellos tomando en cuenta sus relaciones colectivas. Pronto, sin embargo, pasé a los detalles y contemplé con minucioso interés las múltiples figuras, vestidos, actitudes, pasos, rostros y expresiones.

Eran más, por mucho, quienes se veían tanto satisfechos como serios, como si solo estuvieran pensando en abrirse paso entre la multitud. Fruncían las cejas y sus ojos se movían rápidamente; al ser empujados por otros transeúntes no mostraban ninguna señal de impaciencia, solo ajustaban su ropa y continuaban. Otros, también bastantes, se movían con inquietud; tenían rostros agitados y hablaban y gesticulaban hacia sí mismos, como si se sintieran solitarios meramente por la densidad de la compañía que los rodeaba. Cuando se impedía su progreso, estas personas dejaban de susurrar, pero aumentaban sus gesticulaciones, y esperaban, con una sonrisa forzada y ausente en los labios, hasta que pasaran los demás. Si se les empujaba, se disculpaban profusamente con quienes los empujaron, y parecían inundarse de confusión. No había nada que distinguiera estas dos largas clases de peatones más allá de lo que he descrito. Sus ropas pertenecían a ese término que se denomina como decente. Sin lugar a duda, los transeúntes eran nobles, comerciantes, abogados, artesanos, agiotistas: los eupátridas y lugares comunes de la sociedad. Personas de ocio y personas activamente ocupadas en sus propios asuntos, con negocios bajo su responsabilidad. Ninguno de ellos excitaba particularmente mi atención.

La tribu de empleados era obvia, y en ella discerní dos claras divisiones. Estaban los empleados menores de casas ostentosas: jóvenes de sacos apretados, botas brillantes, cabello bien peinado y labios altaneros. Dejando de lado una cierta elegancia, que bien podría designarse como *oficinesca*, a falta de mejor palabra, la disposición de estas personas parecía ser un facsimilar exacto de lo que, doce o dieciocho meses atrás, fue la perfección y el *bon ton*. Llevaban las maneras ya desechadas de la aristocracia, y esto, me parece, es la mejor definición de esta clase.

Era imposible no notar la división que había entre ellos y los empleados de alto rango de firmas sólidas, los «viejos y confiables». A ellos se les podía reconocer por sus sacos y sus pantalones de color negro o café, hechos para quedar cómodos, por los pañuelos y chalecos blancos, los zapatos amplios y consistentes, y las polainas o los calcetines densos. Todos tenían cabezas algo calvas, de donde las orejas derechas, acostumbradas a sostener plumas de escribir, tenían el extraño hábito de separarse. Observé que siempre se quitaban o acomodaban los sombreros con ambas manos y que llevaban relojes con macizas y antiguas cadenas de oro. Era suya la afección de la respetabilidad, si es que existe afección tan honorable.

Había muchos individuos de apariencia apuesta, a quienes fácilmente identifiqué como parte de los carteristas, especie exuberante de la que todas las grandes ciudades están infestadas. Miré a estas personas muy inquisitivamente y me resultó difícil concebir que caballeros de verdad los pudieran confundir con caballeros. Lo voluminoso de sus pulseras, que además tienen un aire de excesiva franqueza, debería delatarlos de inmediato.

Los apostadores, de los cuales ya he divisado varios, eran aún más fáciles de reconocer. Todos llevaban una variedad de ropas, desde el desesperado tahúr, con su chaleco de terciopelo, su pañuelo de cuello elegante, sus cadenas doradas y sus botones de filigrana, hasta el clérigo, escrupulosamente sobrio, que de ninguna manera podría levantar sospechas. De cualquier manera, todos eran distinguibles por su complexión algo ajada y caída, su velada penumbra del ojo y sus labios pálidos apretados. Había otras características, además, por las que siempre los detectaba: el tono de conversación, bajo y reservado, y un pulgar que se extendía más allá de lo ordinario, hasta formar un ángulo recto con los demás dedos. Era muy frecuente encontrar, en compañía de estos granujas, a un tipo de hombre de hábitos algo diferentes, pero que, sin embargo, seguía siendo pájaro del mismo plumaje. Se les puede definir como caballeros que viven de su ingenio. Parece ser que acechan al público en dos batallones: ya sea como dandis o como militares. El primer tipo se distingue por los largos rizos y las sonrisas; el segundo, por los ceños fruncidos y las levitas.

Más abajo en la escala de lo que se conoce como honradez, encontré temas más oscuros y profundos sobre los cuales especular. Vi a vendedores ambulantes judíos con ojos de halcón que brillaban en rostros cuyos demás rasgos mostraban una expresión de humildad abyecta; robustos mendigos profesionales que fruncían el ceño a los mendicantes de mejor estampa, a quienes solo la desesperación los había llevado a pedir limosna de noche; inválidos débiles y espantosos sobre quienes la muerte había posado una mano certera, seres que se tambaleaban vacilantes entre la muchedumbre, implorando a todos con la mirada, como si buscaran algún consuelo, alguna esperanza perdida; chicas modestas y jóvenes de regreso de una larga y tardía jornada a un hogar miserable, encogiéndose de las miradas de los rufianes con más tristeza que indignación, contacto directo que, además, no había manera de evitar; mujeres de la ciudad de todos los tipos y de todas las edades —la inequívoca belleza, en la cúspide de su feminidad, que lleva a uno a pensar en la estatua de Luciano, con el exterior cubierto de mármol de Paros y el interior lleno de suciedad; la odiable y completamente perdida leprosa andrajosa; la arrugada, adornada y maquillada anciana, en sus últimos esfuerzos de juventud; la simple niña de figura inmadura que, sin embargo, gracias a sus asociaciones, ya era adepta a los coqueteos de su negocio y cargaba con un deseo feroz de ser considerada igual a sus mayores en términos de vicio—; borrachos innumerables e indescriptibles —algunos vestidos en jirones y con parches, inarticulados, cayendo tambaleantes, de rostros amoratados y ojos empañados; algunos vestidos en ropas enteras, aunque sucias, y con un contoneo ligeramente inestable, labios gruesos y sensuales y vigoroso rostro sonrojado; algunos vestidos en ropas que en algún momento fueron buenas y que incluso en ese momento estaban escrupulosamente bien arregladas: hombres que caminaban con un paso elástico, más firme de lo natural, pero cuyos semblantes estaban temerosamente pálidos y cuyos ojos eran horriblemente salvajes y rojos, hombres que se aferraban con dedos temblorosos, mientras se abrían paso por la multitud, a cualquier objeto a su alcance—; además, pasteleros, porteros, barrenderos, organilleros, exhibidores de monos amaestrados y vendedores de baladas, aquellos que venden y cantan; artesanos harapientos y obreros exhaustos de todas las descripciones; todos llenos de una ruidosa y excesiva vivacidad que chocaba discordantemente contra el oído y daba una sensación dolorosa al ojo.

A medida que la noche se hacía más profunda, así también se

hacía más hondo mi interés por la escena, pues no solamente había cambiado materialmente el carácter general del tumulto (sus rasgos más honrados desaparecían junto con la porción más ordenada de la multitud, mientras que la más áspera se renovaba, pues la hora avanzada sacaba de su guarida a todas las especies de la infamia), sino que los rayos de las lámparas de gas que en un principio habían sido débiles, en su lucha contra el día, ya hacía mucho que reinaban y alumbraban todas las cosas con una luz brillante e irregular. Todo era oscuro pero espléndido: como el ébano al que se ha asociado el estilo de Tertuliano.

Los extraños efectos de la luz me encadenaban a la examinación individual de rostros, y aunque la rapidez con la que el mundo iluminado pasaba frente a la ventana no me dejaba lanzar más que una mirada sobre cada cara, aun así me parecía, en mi peculiar estado mental, que podía leer, con frecuencia, en ese breve intervalo de una mirada, historias de largos años.

De esta manera, con la frente pegada al cristal, me ocupaba de escudriñar la multitud, hasta que, de repente, se hizo visible un rostro (de un viejo decrépito, de sesenta o setenta años): un rostro que de inmediato atrapó y absorbió toda mi atención, gracias a la absoluta singularidad de su expresión. Nunca había visto nada ni remotamente cercano a esa expresión. Bien recuerdo que mi primera impresión, al verla, era que, si Retszch la hubiera visto, la hubiera preferido por mucho sobre sus encarnaciones pictóricas del demonio. Mientras intentaba, durante ese breve minuto de análisis, formar algún tipo de conjetura sobre el significado de esa expresión, surgió dentro de mí, entre confusión y paradoja, pensamientos de un gran poder mental, de precaución, de penuria, de avaricia, de frialdad, de malicia, de sed sangrienta, de triunfo, de alegría, de excesivo terror, de intensa, suprema, desesperación. Me sentí especialmente excitado, sorprendido, fascinado. «¡Qué historia tan extraña —me dije— está escrita sobre ese lienzo!». Entonces vino un fuerte deseo de mantener a ese hombre en mi campo de visión, de saber más de él. Colocándome rápidamente el abrigo, tomé mi sombrero y bastón, y salí a la calle. Me abrí paso entre la multitud en la misma dirección que le vi tomar, pues ya había desaparecido. Con alguna dificultad llegué a verlo de nuevo; me aproximé y lo seguí de cerca, pero con precaución, de manera que no atrajera su atención.

Ahora tenía una buena oportunidad de examinar su persona.

Era de estatura corta, muy delgado y, en apariencia, muy débil. Vestía ropa, en general, sucia y harapienta, pero cuando entraba, de vez en cuando, dentro del campo de luz de una lámpara, podía ver que el lino, aunque sucio, era de una hermosa textura; además, o mi vista me engañaba, o a través del abotonado abrigo *roquelaire*, evidentemente de segunda mano, había un diamante y una daga. Estas observaciones solo incrementaron mi curiosidad y decidí seguir al extraño a donde fuera.

Ya era medianoche y una espesa niebla húmeda se posaba sobre la ciudad, hasta resultar en una pesada y continua lluvia. Este cambio en el clima tuvo un efecto extraño sobre la multitud, que, después de gran conmoción, ahora se veía opacada por un mundo de paraguas. La marea, los empujones y los rumores incrementaron exponencialmente. Por mi parte, la lluvia no me molestaba (para los restos de una fiebre añeja, el líquido era incluso demasiado agradable). Até un pañuelo alrededor de mi boca y proseguí. Durante media hora, el anciano continuó su paso, difícilmente, a través de la gran vía; y yo lo seguí, cerca de su codo, por miedo de perderlo de vista. Nunca se dio la vuelta para ver sobre su hombro, así que nunca me vio. Cruzó a una calle transversa que, aunque llena de personas, no estaba tan atestada como la avenida principal de la que veníamos. Aquí fue evidente un cambio en su actitud. Caminaba más despacio y con menos decisión que antes: más titubeante. El anciano recorrió la calle repetidamente, de un lado a otro, sin razón aparente. La multitud todavía era tan densa que tenía que seguir de cerca cada uno de sus movimientos. La calle era estrecha y larga, y se mantuvo recorriéndola a lo largo de casi una hora, durante la cual los transeúntes habían disminuido a ese número que se suele ver a mediodía en Broadway, junto al parque; tan grande es la diferencia entre la población de Londres y la población de la ciudad estadounidense más frecuentada. Un nuevo cambio de dirección nos llevó a una plaza, brillantemente alumbrada y llena de vida. La antigua actitud del anciano reapareció. Su barbilla se presionó contra su pecho, mientras sus ojos se movían salvajemente debajo de sus cejas ceñidas, a todas direcciones, hacia quienes lo rodeaban. Se abrió paso con firmeza y perseverancia. Sin embargo, yo me quedé sorprendido cuando, al recorrer todo el circuito de la plaza, el anciano se dio la vuelta y caminó sobre sus propios pasos. Me sorprendí aún más cuando lo vi repetir esta caminata muchas veces (una vez casi me detecta, pues se volteó súbitamente).

Otra hora transcurrió de esta manera y, en los últimos momentos, las interrupciones de las demás personas eran mucho menores que en un principio. La lluvia caía con fuerza, el aire era frío; las personas se retiraban a sus casas. Con un gesto de impaciencia, el caminante cruzó a una calle igual de desierta. Recorrió esta calle, de doscientos metros de largo, con una agilidad que nunca hubiera imaginado ver en alguien tan viejo, y que hizo que me fuera muy difícil seguirlo. Después de algunos minutos, llegamos a un bazar grande y concurrido, al cual parecía que el extraño conocía muy bien y en donde su actitud original volvió a surgir, mientras cruzaba, de un lado a otro, sin ningún objetivo, entre las masas de compradores y vendedores.

Durante la hora y media, aproximadamente, que pasamos en ese lugar, tuve mucho cuidado de mantenerme cerca sin atraer su atención. Por suerte, las suelas de mis zapatos estaban cubiertas de goma, así que podía moverme en perfecto silencio. En ningún momento se dio cuenta de que yo lo observaba. Entró a una y otra tienda, sin pedir ningún precio, sin decir ni una sola palabra, mientras veía todos los productos con una extraña y ausente mirada. Yo estaba totalmente asombrado por su comportamiento y decidí con firmeza que no habría de separarme de él hasta que hubiera satisfecho mi necesidad de entenderlo.

Un ruidoso reloj dio las once y las personas empezaron a abandonar el bazar. Un vendedor, al subir la cortina metálica de su negocio, empujó al anciano e inmediatamente vi un fuerte temblor pasar por su cuerpo. El anciano salió apresuradamente a la calle, miró ansiosamente alrededor suyo por un momento y luego corrió con agilidad por calles torcidas y desiertas, hasta que llegamos de nuevo a la gran avenida en donde habíamos empezado: la calle del Hotel D... Sin embargo, ya no tenía el mismo aspecto. Seguía alumbrada; la lluvia caía ferozmente y se veían pocas personas. El extraño palideció. Dio algunos pasos melancólicos por la vía que alguna vez estuvo llena y, con un pesado suspiro, se dio la vuelta en dirección al río. Después de una gran variedad de atajos, llegamos a uno de los teatros principales. Ya casi cerraba y la audiencia salía por las puertas. Observé al viejo hombre jadear y lanzarse hacia la multitud, pero me di cuenta de que la intensa agonía de su expresión había, en cierto sentido, disminuido. Su cabeza volvió a inclinarse hacia su pecho; se veía como la primera vez que lo vi. Noté que tomó el mismo camino por el que se había ido la mayor parte de la audiencia, pero no podía comprender, al verlo todo, la razón detrás de sus acciones inconsistentes.

Mientras continuaba, la gente se desperdigaba cada vez más, y su antigua vacilación e inquietud regresaron. Por un tiempo, siguió de cerca a un grupo de diez o doce alborotadores; de ellos, uno por uno, varios desaparecieron, hasta que solo quedaron tres juntos, en una angosta y lúgubre calle de poca afluencia. El extraño se detuvo y, por un momento, pareció perderse en sus pensamientos. Entonces, con todos los síntomas de la agitación, se dirigió rápidamente a una ruta que nos llevó a las afueras de la ciudad, entre regiones muy diferentes de las que habíamos pasado hasta ahora. Era el barrio más ruidoso de Londres, en donde todas las cosas eran una demostración de la más deplorable pobreza y del más desesperado crimen. Bajo la luz tenue de una lámpara aleatoria, se podían ver grandes viviendas de madera, viejas y carcomidas por gusanos, todas cayendo a su destrucción en tantas y tan caprichosas direcciones que era casi imposible encontrar un camino entre ellas. Los adoquines estaban dispuestos al azar, destituidos de sus lugares por maleza crecida. Una horrible suciedad pululaba en las cunetas llenas. Toda la atmósfera retozaba desolación. Sin embargo, mientras caminábamos, los sonidos de vida humana revivían en firmes decibeles y se podían ver largos grupos de la población más abandonada de Londres yendo y viniendo. El espíritu del anciano se renovó una vez más, como si fuera una lámpara cerca de su final. Una vez más, se dirigió hacia adelante con paso elástico. De repente, al voltear en una esquina, una lámpara nos llenó de luz la vista y nos encontramos en frente de uno de los grandes palacios suburbanos de la Intemperancia: uno de los palacios del demonio Ginebra.

Ya casi amanecía, pero muchos ebrios seguían entrando y saliendo de la ostentosa entrada. Con un gritillo de felicidad, el anciano se adelantó para continuar con su empresa original, caminando de un lado para otro, sin objetivo aparente, entre la multitud. No estuvo ocupado mucho tiempo, sin embargo, pues pronto salieron tantas personas que era evidente que el lugar iba a cerrar por la noche. Noté algo incluso más intenso que la desesperación en el rostro del singular ser al que con tanto ahínco había estado observando. Aun así, no dudó en continuar camino, con una energía maniaca, y regresar por sus pasos, de inmediato, hacia el corazón de la poderosa Londres. Caminó rápidamente y por un largo tiempo, mientras yo lo seguía, con mi extraño asombro, resuelto a no abandonar el escrutinio ni el interés que me absorbían completamente. El sol se elevó mientras caminábamos y, una vez que volvimos a llegar a la avenida congestionada de esa ciudad tan poblada, la calle del Hotel D..., ya tenía una apariencia de ajetreo humano y actividad un tanto inferior a la que yo había visto la noche anterior. Y ahí, durante mucho tiempo, entre la confusión que crecía cada vez más, continué con mi observación del extraño. Pero, como siempre, caminaba de un lado a otro, y durante todo el día, no dejó el desorden de aquella calle. Y, cuando llegaron las sombras de la segunda tarde, yo ya me sentía cansado hasta la muerte, así que me detuve por completo en frente del caminante y lo miré firmemente a la cara. No se dio cuenta de mí, sino que reanudó su caminar, mientras yo, dejando de seguirlo, me quedé absorto en mi contemplación. «El anciano —dije eventualmente— es del tipo y tiene el genio del verdadero crimen. Se niega a estar solo. *Él es el hombre de la multitud*. Sería inútil seguirlo, pues no aprenderé nada más de él ni de sus acciones. El peor corazón del mundo es un libro aún más repelente que el *Hortulus Animae*,[1] y probablemente una de las mayores mercedes de Dios sea que *er lasst sich nicht lesen*».

---

1   El *Hortulus Animæ cum Oratiunculis Aliquibus Superadditis* de Grünninger.

EL PODER DE LAS PALABRAS

OINOS. ¡Perdona, Agathos, la debilidad de un espíritu que recién vuela en la inmortalidad!

AGATHOS. No has dicho nada, Oinos mío, que requiera mi perdón. Ni siquiera aquí el conocimiento es cosa de intuición. A los ángeles les puedes pedir sabiduría libremente, ¡para que se te otorgue!

OINOS. Pero soñé que en esta existencia debía ser consciente de todas las cosas a la vez, y por ello, ser feliz al saberlo todo.

AGATHOS. ¡Ah! ¡La felicidad no está en el conocimiento, sino en adquirirlo! Por nuestro eterno saber, gozamos eterna gracia; pero saberlo todo es la maldición de un demonio.

OINOS. Pero ¿acaso el Altísimo no lo sabe todo?

AGATHOS. Esa (pues también es el Jovialísimo) debe ser la única cosa que incluso Él desconoce.

OINOS. Pero, ya que nuestro conocimiento crece cada hora, ¿al final no se conocerán todas las cosas?

AGATHOS. ¡Mira abajo hacia las distancias abismales! Intenta forzar tu vista hacia las numerosísimas vistas de las estrellas, mientras nos deslizamos lentamente entre ellas... ¡Y más allá! ¡Aún más allá! Incluso la visión espiritual, ¿no está contenida en todos sus puntos por las continuas paredes doradas del universo, por las paredes de las miríadas de cuerpos brillantes cuyo número parece haberse fundido en unidad?

OINOS. Claramente percibo que la infinidad de la materia no es ningún sueño.

AGATHOS. En Aidenn los sueños no existen, pero se susurra que el único propósito de la infinidad de la materia es proporcionar manantiales infinitos, en donde el alma pueda menguar la sed de saber que jamás se agotará en ella, pues, para saciarla, habría de extinguir el alma misma. Cuestióname, entonces, Oinos mío, libremente y sin temor. ¡Ven! Dejaremos a nuestra izquierda la estridente armonía de la Pléyade y volaremos desde el trono hasta las praderas estrelladas más allá de Orión, en donde, en lugar de violetas, geranios y pensamientos, encontraremos los lechos de los triplicados y tricolores soles.

OINOS. Y ahora, Agathos, mientras avanzamos, ¡instrúyeme! Háblame con los tonos familiares de la tierra. No entiendo lo que me has sugerido, justo ahora, sobre el cómo o el método de lo que, cuando éramos mortales, solíamos llamar la Creación. ¿Quieres decir que el Creador no es Dios?

AGATHOS. Quiero decir que la Deidad no crea.

OINOS. Explícame.

AGATHOS. Solo al principio, Él creó. Las criaturas que ahora, a través del universo, parecen brotar a la existencia perpetuamente, solo pueden considerarse como resultado mediato o indirecto, no directo o inmediato, del Divino poder creador.

OINOS. Agathos mío, entre los hombres, esta idea sería considerada de lo más herética.

AGATHOS. Entre los ángeles, Oinos mío, se considera como simplemente cierta.

OINOS. He comprendido hasta ahora que ciertas operaciones de lo que llamamos Naturaleza, o leyes naturales, bajo ciertas circunstancias, dan lugar a aquello que tiene la apariencia de creación. Poco antes de la destrucción final de la Tierra, recuerdo bien que hubo muchos experimentos exitosos sobre lo que algunos filósofos fueron lo suficientemente débiles como para denominar la creación de animálculos.

AGATHOS. Los casos de los que hablas fueron, de hecho, instancias de una creación secundaria, y de la única especie de creación que ha habido desde que la primera palabra dio lugar a la primera ley.

OINOS. Los mundos estrellados que, desde el abismo de la nada, surgen hacia el cielo... ¿Estas estrellas, Agathos, no son obra directa de la mano del Rey?

AGATHOS. Permíteme esforzarme, Oinos mío, para guiarte, paso a paso, hasta la concepción a la que aludo. Como bien sabes, así como ningún pensamiento puede perecer, ningún acto carece de un resultado infinito. Por ejemplo, cuando éramos habitantes de la Tierra, alguna vez movimos las manos y, al hacerlo, hicimos que la atmósfera que las rodeaba vibrara. Esta vibración se extendió indefinidamente, hasta impulsar cada partícula del aire terrestre que, desde entonces, y para siempre, se mantuvo animado por aquel movimiento de la mano. Este es un hecho bien conocido por las matemáticas de nuestro mundo. Estos efectos especiales, forjados en el fluido de impulsos especiales, fueron sujetos de un cálculo exacto, de tal manera que se volvió sencillo determinar en qué preciso momento un impulso de cierta magnitud rodearía el orbe e impactaría (por siempre) todos los átomos de la atmósfera circuncidante. A la inversa, tampoco les fue difícil determinar, a partir de un efecto, bajo ciertas condiciones, el valor de un impulso original. Entonces estas personas dedicadas a las matemáticas se percataron de que los resultados de un impulso eran absolutamente infinitos, de que una parte de estos resultados podían ser fielmente rastreados a través de un análisis algebraico, y de lo fácil que era realizar una retrogradación. Estas personas se dieron cuenta, al mismo tiempo, de que este tipo de análisis guardaba dentro de sí la capacidad de un progreso indefinido; que no se podían concebir límites para su avance y para su aplicabilidad, excepto dentro del intelecto de aquel que lo hiciera avanzar o que lo aplicara. Pero en este punto se detuvieron.

OINOS. ¿Y por qué, Agathos, debieron continuar?

AGATHOS. Porque, más allá, había consideraciones del más grande interés. De lo que sabían se podía deducir que un ser de conocimiento infinito —un ser para quien la perfección del análisis algebraico se mostrara en su totalidad— no tendría ninguna dificultad en trazar todos los impulsos del aire —y del éter a través del aire— hasta sus consecuencias más remotas en cualquier infinitamente arcaica época del tiempo. En efecto, se puede demostrar que cualquier impulso en el aire, finalmente, influye en cada cosa individual que existe dentro del universo. Y el ser de infinito conocimiento —aquel ser a quien hemos imaginado— puede rastrear las ondulaciones remotas del impulso: rastrearlas hacia arriba y hacia delante a través de las influencias que ejerce sobre todas las partículas de la materia —eternamente hacia arriba y hacia delante en sus modificaciones de formas antiguas— o, en otras palabras, en la creación de nuevas formas, hasta verlas reflejadas —mediocres al final— en el trono de la Divinidad. Y no solamente podría hacer eso un ser así, sino que, en cualquier época, si se le presentara un resultado —si alguno de estos innumerables cometas, por ejemplo, se presentara ante su inspección— para Él no sería difícil determinar, por medio de una retrogradación analítica, el impulso original de donde vino. Este poder de retrogradación, en su absoluta y completa perfección —esta facultad de referirse a todas las épocas, desde los efectos hasta las causas—, es, por supuesto, prerrogativa única de la Divinidad; pero en los demás grados, menores a la perfección, todas las legiones de inteligencias angelicales ejercen el mismo poder.

OINOS. Pero hablas meramente de impulsos en el aire.

AGATHOS. Al hablar del aire, solo me referí al aire terrestre, pero la proposición en general se remite a los impulsos en el éter, pues este permea, y únicamente él, por todo el espacio; se trata, por ende, del gran medio de creación.

OINOS. ¿Entonces, cualquier movimiento, de cualquier naturaleza, crea?

AGATHOS. Debe hacerlo: pero una filosofía verdadera ya hace mucho tiempo dicta que el origen de todo movimiento es el pensamiento... y el origen de todo pensamiento es...

OINOS. Dios.

AGATHOS. Te he hablado, Oinos, como si fueras un niño de la hermosa Tierra que pereció hace poco, sobre los impulsos de la atmósfera de la Tierra.

OINOS. Así lo hiciste.

AGATHOS. Y, mientras sobre ello hablaba, ¿no pasó por tu mente pensamiento alguno sobre el poder físico de las palabras? Toda palabra, ¿acaso no es un impulso en el aire?

OINOS. ¿Pero por qué lloras, Agathos? ¿Y por qué, oh, por qué tus alas descienden mientras flotamos sobre esta bella estrella, la estrella más verde y, sin embargo, más terrible de todas las que hemos encontrado en nuestro vuelo? Sus flores brillantes se ven como un sueño de hadas, pero sus feroces volcanes parecen las pasiones de un corazón turbulento.

AGATHOS. ¡Lo son! ¡Lo son! Hace ya tres siglos, con las manos entrelazadas y los ojos llorosos, a los pies de mi amor, hablé para generar —con algunas oraciones apasionadas— el nacimiento de esta estrella salvaje. Sus flores brillantes son las más queridas de todos los sueños no cumplidos y sus feroces volcanes son las pasiones del más turbulento y profano corazón.

VON KEMPELEN Y SU DESCUBRIMIENTO

Después del muy minucioso y elaborado artículo de Arago, sin mencionar el resumen en la *Revista de Silliman,* además de la detallada declaración que acaba de publicar el teniente Maury, no se puede suponer, por supuesto, que, al ofrecer algunas observaciones apresuradas sobre el descubrimiento de Von Kempelen, tenga la intención de abordar el tema desde un punto de vista *científico.* Mi objetivo es, en primer lugar, decir algunas palabras sobre el propio Von Kempelen (a quien, hace algunos años, tuve el honor de conocer, si bien de forma superficial), ya que todo lo que a él se refiere, en este momento, es de interés; y, en segundo lugar, contemplar de manera general y especulativa los *resultados* de su descubrimiento.

Sin embargo, es preciso preceder las observaciones precipitadas que ofrezco con la negación, muy decidida, de lo que parece ser una impresión general (sustraída, como suele suceder en estos casos, de los periódicos): que este descubrimiento, tan sorprendente como no se puede dudar que es, carece de precedentes.

Si se consulta el *Diario de sir Humphrey Davy* (Cottle y Munroe, Londres, p. 150), se verá, en las páginas 53 y 82, que este ilustre químico no solo concibió la idea en cuestión, sino que *avanzó considerablemente, por la vía experimental,* un *análisis sumamente idéntico* al que ahora tan exitosamente ha llevado a su término Von Kempelen, quien, a pesar de no hacer la más mínima referencia, está, *sin lugar a duda* (lo digo sin titubear y puedo probarlo, de ser necesario), endeudado con el *Diario* por darle, como mínimo, el primer atisbo de su proyecto. Aunque son algo técnicos, no puedo dejar de citar dos pasajes del *Diario* que contienen una de las ecuaciones de sir Humphrey. [Dado que no contamos con los signos algebraicos necesarios y que el *Diario* está disponible en la Biblioteca del Ateneo, aquí omitimos una pequeña parte del manuscrito del señor Poe —N. del E.].

El párrafo del *Courier and Enquirer* que actualmente circula por la prensa y que se propone adjudicar la invención a un señor Kissam, proveniente de Brunswick, Maine, me parece, debo confesar, un poco apócrifo, por varias razones, aunque no haya nada imposible ni improbable en tal declaración. No necesito ahondar en los detalles. Mi opinión sobre el párrafo se basa principalmente en su *forma*. No *parece* real. Las personas que narran *hechos* rara vez son tan precisas como el señor Kissam parece ser al hablar del día, la fecha y la ubicación exacta. Además, si el señor Kissan realmente llegó a este descubrimiento como dice que lo hizo, en la época que sostiene —hace casi ocho años—, ¿cómo es que no hizo nada, *en ese momento*, por cosechar, para sí mismo, sino para el mundo entero, los inmensos beneficios que cualquier tonto sabría que podrían derivarse del descubrimiento? Me resulta inverosímil que una persona con sentido común, al descubrir lo que el señor Kissam dice que descubrió, haya actuado, subsecuentemente, de manera tan similar a un bebé —tan similar a un búho— como el señor Kissam admite que hizo. Por cierto, ¿quién *es* el señor Kissam? Y todo este párrafo del *Courier and Enquirer*, ¿no se trata de un invento publicado únicamente para «empezar una conversación»? Debe decirse que tiene un aire de falsedad increíblemente parecido al del «Gran engaño de la Luna». En mi humilde opinión, se debe confiar muy poco en él. Y si no supiera, por experiencia, lo fácil que quienes se dedican a la ciencia se dejan *desorientar* en temas más allá de su rango de especialidad, me quedaría profundamente sorprendido al darme cuenta de que un químico tan eminente como el profesor Draper, al discutir sobre las pretensiones del señor Kissam (¿o son del señor Quizzem?) hacia el descubrimiento, lo haga en un tono tan serio.

Pero regresemos al *Diario de sir Humphrey Davy*. Este panfleto *no* se diseñó para el ojo público, ni siquiera a la muerte del autor, como cualquier persona siquiera un poco conocedora del oficio literario podrá darse cuenta con un mínimo análisis estilístico. En la página 13, por ejemplo, justo en medio, podemos leer, en referencia a sus investigaciones sobre el protóxido de ázoe: «En menos de treinta segundos, continuando la respiración, disminuyeron gradualmente y *fueron* sucedidas por análoga a una suave presión en todos los músculos». El que la *respiración* no se haya «disminuido» no solo queda claro debido al contexto subsecuente, sino por el uso del plural «fueron». La oración, sin duda, quería decir lo siguiente: «En menos de treinta segundos, continuando la respiración, [estas sensaciones] disminuyeron gradualmente y fueron sucedidas por [una sensación] análoga a una suave presión en todos los músculos». Cientos de casos similares demuestran que el manuscrito, publicado de manera tan poco considerada, no era más que un *cuaderno en bruto*, destinado únicamente para los ojos de su escritor, pero una inspección del texto bastará para convencer casi a cualquier persona pensante de la verdad de lo que digo. El hecho es que sir Humphrey Davy era el último hombre en el mundo que se *comprometería* con temas científicos. No solo tenía un disgusto más allá de lo ordinario por los charlatanes, sino que tenía un miedo mórbido de *parecer* empírico; es decir que, a pesar de qué tan plenamente convencido hubiera estado de que iba por el camino correcto en el asunto en cuestión, no habría *dicho* nada al respecto hasta tener todo listo para realizar una demostración práctica. Yo sinceramente creo que sus últimos momentos habrían sido miserables de haber sabido que sus deseos respecto a la quema de su *Diario* (lleno de especulaciones crudas) serían ignorados, como, parece ser, lo fueron. Hablo de «sus deseos» ya que no puede haber lugar a dudas de que él quería que este cuaderno fuera incluido entre la miscelánea de papeles escogidos «para ser quemados». Si el cuaderno escapó de las llamas por buena o mala suerte, aún queda por verse. No cuestiono en lo más mínimo que los pasajes citados anteriormente, junto con los similares a los que se hace referencia, hayan sido para Von Kempelen el *primer paso*; sin embargo, queda por verse si este descubrimiento trascendental (trascendental bajo cualquier circunstancia) servirá o perjudicará a la humanidad. Sería una locura dudar por un momento que Von Kempelen y sus amigos más íntimos cosecharán una gran riqueza. De esto todos se *darán cuenta,* después de un tiempo, a través de grandes compras de casas y de tierras, junto con otras propiedades de valor *intrínseco.*

El breve relato de Von Kempelen, publicado en el *Home Journal* y que desde entonces ha sido reproducido ampliamente, fue traducido por alguien que al parecer malinterpretó varios pasajes y que afirma que el alemán original procede de un número reciente del *Schnellpost* de Presburg. La palabra *«viele»* fue evidentemente mal concebida (como suele serlo), y lo que en la traducción se replica como «tristezas» probablemente proceda de *«lieden»*, cuya equivalencia real, «sufrimientos», daría una complejidad totalmente diferente a todo el texto; pero, por supuesto, mucho de esto es mera especulación de mi parte.

Sin embargo, Von Kempelen de ninguna manera es «un misántropo»; en apariencia, por lo menos, al margen de lo que verdaderamente sea. Mi relación con él fue supeficial en su totalidad, y apenas tengo el derecho de decir que lo conozco, pero ver y conversar con un hombre que ha alcanzado, o *alcanzará* en unos días, tan *prodigiosa* notoriedad no es poca cosa en estos tiempos.

En *The Literary World* se menciona, con confianza, que Von Kempelen es nativo de Presburg (información incorrecta influenciada, quizá, por la declaración en el *Home Journal*), pero me complace *afirmar*, ya que lo oí de sus propios labios, que nació en Útica, en el estado de Nueva York, aunque la familia de ambos padres, me parece, viene de Presburg. Esta familia está conectada, de alguna manera, a Mälzel, célebre por su jugador de ajedrez autómata. [Si no nos equivocamos, el apellido del inventor del autómata era Kempelen, Von Kempelen, o algo parecido —N. del E.]. En persona, es de baja estatura, corpulento, y tiene grandes y *prominentes* ojos azules, cabello y barba arenosa, una boca grande, pero agradable, dientes delicados y lo que creo es una nariz romana. Hay algún defecto en uno de sus pies. Es muy franco y en general tiene mucha *bonhomía*. En conjunto, Von Kempelen se ve, habla y actúa tan poco como «un misántropo» como cualquier persona que haya conocido. Hace seis años, ambos fuimos residentes en el Earl's Hotel durante una semana, en Providence, Rhode Island, y calculo que conversé con él, en varias ocasiones, un total de tres o cuatro horas. Sus temas principales eran los del día y ninguna de sus palabras me hizo sospechar de sus logros científicos. Él se fue del hotel antes que yo, con la intención de ir a Nueva York y después a Bremen; fue en esta última ciudad en donde se hizo público su gran descubrimiento; o, más bien, fue ahí en donde se sospechó por primera vez que fue él quien lo descubrió. Esto es todo lo que conozco personalmente del ahora inmortal Von Kempelen, pero pensé que incluso estos pocos detalles serían de interés para el público.

Puede haber pocas dudas de que la mayor parte de las maravillas que se rumoran sobre este asunto son meras invenciones, merecedoras de tanto crédito como la historia del genio de Aladín; y, sin embargo, en un caso como este, de manera similar al caso de los descubrimientos de California, queda claro que la verdad *puede* ser más extraña que la ficción. La siguiente anécdota, por lo menos, ha sido tan bien confirmada que podemos creer plenamente en ella.

Von Kempelen no vivió ni tolerablemente bien durante su estadía en Bremen; y, muchas veces, como es sabido, llegó a extremas condiciones con tal de producir la más mísera cantidad de dinero. Cuando se originó la gran conmoción alrededor de la falsificación en la casa de Gutsmuth & Co., la sospecha se dirigió hacia Von Kempelen, debido a su compra de una propiedad considerable en Gasperitch Lane y a que se negó a explicar, al ser interrogado, cómo había llegado a su posesión el dinero de la compra. Eventualmente fue arrestado, pero no se demostró nada decisivo en su contra, así que al final fue dejado en libertad. La policía, sin embargo, mantuvo un estricto control de sus movimientos, de manera que se descubrió que abandonaba su hogar con alta frecuencia, iba siempre por la misma avenida e invariablemente terminaba por perder a sus seguidores en un laberinto de angostos y torcidos pasajes conocido como el «Dondergat». Finalmente, después de mucha perseverancia, lo rastrearon hasta la buhardilla de una casa vieja de siete pisos, en un callejón llamado Flätzplatz; al abordarlo repentinamente, lo encontraron, como se imaginaba, en medio de sus operaciones de falsificación. Se dice que su agitación fue tan excesiva que los oficiales no tuvieron la más mínima duda de que era culpable. Después de arrestarlo, examinaron su habitación, o, mejor dicho, habitaciones, pues parece que tenía toda la mansarda ocupada.

Contigua a la buhardilla donde lo aprehendieron había una cámara, de tres metros por dos metros y medio, equipada con algunos aparatos químicos cuyo objetivo todavía no ha sido precisado. En una esquina de la cámara había un horno muy pequeño, con un fuego encendido sobre el cual había una especie de doble crisol; es decir, dos crisoles conectados por un tubo. Uno de estos crisoles estaba casi lleno de *plomo* en estado de fusión, aunque no alcanzaba la abertura del tubo, que estaba cerca del tope. En el otro crisol había un líquido que, al ingresar los oficiales, se disipaba furiosamente en vapor. Relatan que, al ser arrestado, Kempelen tomó los crisoles con ambas manos (envueltas en guantes que posteriormente resultaron estar hechos de asbesto) y aventó los contenidos al suelo de losa. Fue entonces que lo esposaron. Antes de proceder a registrar las instalaciones, lo registraron a él, pero no encontraron nada inusual, salvo un paquete envuelto en papel en el bolsillo de su abrigo que contenía lo que posteriormente se verificó como una mezcla de antimonio y otra sustancia extraña en casi idénticas, pero no exactas, proporciones. Todos los intentos de analizar esta sustancia desconocida han fallado hasta ahora, pero con seguridad se logrará eventualmente.

Saliendo de la habitación con su prisionero, los oficiales pasaron por un tipo de antecámara en donde no se encontró nada material mientras caminaban hacia el dormitorio del químico. Aquí registraron cajones y cajas, pero solo descubrieron algunos papeles de poca importancia, además de algunas monedas de plata y de oro. Después de un tiempo, al mirar debajo de la cama, encontraron *un gran baúl de piel cubierta de pelo, sin bisagras, cierre ni cerradura*, cuya tapa yacía descuidadamente en la parte inferior. Al intentar jalar este baúl, se dieron cuenta de que, ni siquiera con su fuerza reunida (había tres oficiales, todos hombres robustos) podían hacer que se «moviera ni un centímetro». Sorprendido por esto, uno de ellos se metió bajo la cama y, mirando dentro del baúl, dijo:

—Con razón no podemos moverlo, ¡está repleto de viejos trozos de latón!

El oficial recargó los pies contra la pared de manera que fuera su punto de apoyo y empujó con toda su fuerza, mientras sus compañeros jalaban con la suya, con mucha dificultad, hasta que el baúl se asomó de debajo de la cama y sus contenidos fueron examinados. El supuesto latón del que estaba lleno el baúl se encontraba en pequeñas y suaves piezas, desde el tamaño de un guisante hasta el de una moneda; las piezas tenían forma irregular, a pesar de ser más o menos planas. Al verlas en su totalidad, las piezas se veían «como cuando el plomo derretido se tira al suelo y se deja enfriar ahí». Ninguno de estos oficiales sospechó ni por un momento que este metal fuera algo más que latón. Claro que la idea de que fuera oro nunca les pasó por la mente: *¿cómo* se les podría ocurrir una fantasía así? Y puede que su asombro haya sido muy grande cuando, al día siguiente, se supo, en todo Bremen, que la «pila de latón» que habían llevado tan descuidadamente a la estación, sin preocuparse por tomar el más mínimo pedazo, no solamente era oro —oro de verdad— sino un oro mucho más fino que cualquier oro empleado para hacer monedas; de hecho, ¡era oro absolutamente puro, virgen, sin ninguna aleación apreciable!

No necesito ahondar en los detalles de la confesión de Von

Kempelen (hasta donde llegó) ni en su puesta en libertad, pues estos ya son conocidos por el público. Ninguna persona cuerda puede negar que Von Kempelen realmente ha creado, en espíritu y en efecto, si no al pie de la letra, la vieja quimera de la piedra filosofal. Las opiniones de Arago, por supuesto, tienen derecho a la mayor consideración, pero en ningún caso son infalibles; y lo que dice sobre el *bismuto* en su informe a la Academia debe ser tomado *cum grano salis*. La simple verdad es que, hasta este momento, todo análisis ha fallado, y hasta que Von Kempelen decida proporcionarnos la clave de su propio y publicado enigma, es más que probable que el asunto se mantenga, por muchos años, *in statu quo*. Todo lo que hasta ahora se puede decir que se sabe es que «el oro puro se puede crear a voluntad, y muy fácilmente, a partir del plomo y de otras sustancias, de tipo y proporciones desconocidas».

Hay mucha duda, por supuesto, alrededor de los resultados inmediatos y finales de este descubrimiento; un descubrimiento al que pocas personas pensantes dudarán en referirse en relación con el creciente interés que hay en el asunto del oro debido a los recientes acontecimientos en California. Y esta reflexión nos lleva, inevitablemente, a lo siguiente: lo excesivamente *inoportuno* que es el análisis de Von Kempelen. Si ya muchos se abstuvieron de aventurarse a California, por la mera preocupación de que el valor del oro disminuya, gracias a su abundancia en las minas, como para que la idea de viajar tan lejos en su búsqueda se llene de especulación, ¿qué impresión se creará en las mentes de quienes están a punto de emigrar, especialmente en las mentes de quienes ya viven en la región mineral, al escuchar sobre el asombroso descubrimiento de Von Kempelen? Un descubrimiento que declara, inequívocamente, que más allá de su valor intrínseco para los procesos manufactureros (sea cual sea ese valor), el oro, ahora, o por lo menos pronto (pues no se puede suponer que Von Kempelen guardará su secreto por *mucho tiempo)*, *valdrá* lo mismo que el plomo y mucho menos que la plata. Es difícil, en efecto, especular sobre las consecuencias de este descubrimiento de cara al futuro, pero una cosa se puede afirmar: el anuncio del descubrimiento hace seis meses seguramente tuvo influencia sustancial en lo que respecta a los asentamientos en California.

En Europa, hasta ahora, el resultado más notable ha sido un

aumento del doscientos por ciento en el precio del plomo y casi
un veinticinco por ciento en el precio de la plata.

BERENICE

Dicebant mihi sodales, si sepulchrum amicæ visitarem, curas meas aliquantulum fore levatas.

Ebn Zaiat

La desdicha es múltiple. La desgracia de la tierra es multiforme. Sus tonos se extienden por el amplio horizonte cual arcoíris, tan diversos como los colores de aquel, tan diferentes y, sin embargo, tan perfectamente integrados. ¡Cubren el amplio horizonte cual arcoíris! ¿Cómo es que de la belleza he derivado una especie de deformidad; del pacto de paz, una sonrisa de tristeza? Pero, así como en ética el mal es una consecuencia del bien, así nace, de hecho, la tristeza de la alegría. O la memoria de la dicha pasada es la angustia del presente o las agonías que hoy *existen* tienen su origen en los éxtasis de *lo que pudo haber sido*.

Mi nombre de bautizo es Egæus; el de mi familia no lo mencionaré. Sin embargo, no hay torres en estas tierras más consagradas que mis lúgubres, grises y hereditarios salones. Nuestra estirpe ha sido llamada una raza de visionarios, y en muchos detalles impresionantes —en el carácter de la mansión familiar, en los frescos del salón principal, en los tapices de los dormitorios, en el cincelado de algunos muros de la armería, pero especialmente en la galería de pinturas antiguas, en el estilo de la biblioteca, así como la peculiar naturaleza de lo contenido en ella— hay más que suficiente evidencia para justificar esta creencia.

Los recuerdos de mis primeros años están conectados a aquella biblioteca y sus volúmenes, de los cuales no diré más. Ahí fue donde murió mi madre. Ahí fue donde yo nací. Pero es mera pereza decir que no había vivido antes, que el alma no tiene ninguna existencia previa. ¿Lo niega? No discutamos sobre el asunto. Yo, convencido, no busco convencer. Sin embargo, recuerdo formas aéreas —de ojos espirituales y llenos de significado—, sonidos musicales pero tristes; un triste recuerdo que no puedo excluir; un recuerdo como sombra —vago, variable, indefinido, inestable— que, también como sombra, es imposible de ahuyentar mientras la luz de mi razón exista.

En esa habitación nací. De manera que, de la larga noche de lo que pareció, pero no fue, la nada, desperté en las mismísimas regiones de una tierra de hadas: en un palacio de la imaginación, en los sorprendentes dominios del pensamiento y la erudición monásticos. No fue extraño cómo miraba a mi alrededor con un ojo sobresaltado y ansioso, que en libros me alejara de mi infancia y disipara mi juventud en el ensueño, que al pasar los años la cumbre de la hombría me encontrara, todavía, en la mansión de mis antepasados. Lo que sí fue maravilloso fue el estancamiento que cayó sobre los manantiales de mi vida, fue así como mis pensamientos más comunes fueron sometidos a una total inversión. Las realidades del mundo me afectaban en forma de visiones, y solo así, mientras que las ideas maravillosas de la tierra de los sueños se convertían, a su vez, no solo en el material de mi existencia diaria, sino en esa misma existencia, absoluta y exclusivamente ella.

***

Berenice y yo éramos primos y crecimos juntos en mis pasillos paternales, pero crecimos de maneras muy diferentes: yo, de mala salud y enterrado en la penumbra; ella, ágil, elegante y rebosante de energía; suyos eran los paseos por las colinas; míos, los estudios enclaustrados; yo que vivía dentro de mi corazón y era adicto, cuerpo y alma, a la más intensa y dolorosa reflexión; ella que vagaba sin cuidado por la vida, sin pensar en las sombras en su camino o en el vuelo silencioso de las horas aladas del cuervo. «¡Berenice! —llamo su nombre— ¡Berenice!». Y de las grises ruinas de la memoria miles de recuerdos tumultuosos se sobresaltan con el sonido. ¡Ah, qué vívida ahora es su imagen ante mí, como en los primeros días de su júbilo y alegría! ¡Oh, qué preciosa pero fantástica belleza! ¡Oh, sílfide en medio de los arbustos de Arnheim! ¡Oh, náyade entre sus fuentes! Y luego... luego todo es misterio y terror y una historia que no debería ser contada. Enfermedad, una enfermedad fatal, arastró su cuerpo cual simún; mientras la miraba, el espíritu del cambio la consumió, invadiendo su mente, sus hábitos y su carácter, y, de la manera más sutil y terrible, ¡perturbó incluso la misma identidad de su persona! ¡Qué desgracia! ¡La destrucción vino y se fue! ¿Y la víctima? ¿Dónde está? Ya no la reconocía... ¡Oh, ya no reconocía a Berenice!

Entre las numerosas afecciones que llegaron como consecuencia de aquella mortal y primaria enfermedad, aquella que provocó una revolución tan horrible en el ser moral y físico de mi prima, se puede mencionar, como la de naturaleza más obstinada y angustiante, un tipo de epilepsia que no pocas veces terminaba en trance, un trance muy parecido a una descomposición efectiva, y del cual su recuperación era, en la mayoría de los casos, sorprendentemente abrupta. Mientras tanto, mi propia enfermedad —pues se me ha dicho que no debo llamarla por ningún otro nombre— creció rápidamente y tomó un carácter monomaniaco de una forma novedosa y extraordinaria —crecía en vigor y en *momentum* cada hora— que eventualmente terminó por ganar sobre mí un dominio incomprensible. Esta monomanía, pues así he de llamarla, consistía en una mórbida irritabilidad de las propiedades mentales que la ciencia metafísica denomina *atención*. Es probable que no se me entienda, pero me temo que, efectivamente, no hay manera posible de transmitir a la mente del mero lector general una idea adecuada de esa *intensidad nerviosa del interés* con la que, en mi caso, los poderes del pensamiento (sin decirlo de manera técnica) se ocupaban y consumían en la contemplación de incluso los objetos más ordinarios del universo.

Reflexionar sin fatiga durante largas horas, con mi atención fija en cualquier frívolo elemento en el margen o en la tipografía de un libro; quedar absorto, por la mayor parte de una día de verano, en la singular sombra que cae inclinada en el tapiz o sobre el suelo; perderme, toda una noche, en la contemplación de una lámpara, o las ascuas del fuego; pasar días enteros soñando sobre el perfume de una flor; repetir, monótonamente, cualquier palabra común, hasta que el sonido, por mera reiteración, no transmita ni una idea a la mente; perder todo sentido de movimiento o existencia física, por medio de una absoluta calma corporal, obstinadamente mantenida: estos son algunos de los más comunes y menos funestos caprichos inducidos por una condición de las facultades mentales que, si bien no es única en su tipo, en efecto se rehúsa a todo lo parecido a un examen o explicación.

Pero no me malinterprete. La indebida, ferviente y mórbida atención que genera la enfermedad sobre objetos de naturaleza frívola no debe confundirse con esa propensión rumiante que es común a toda la humanidad, especialmente a aquellas personas de imaginación apasionada. Ni siquiera era, como se podría suponer en un principio, una condición extrema o una exageración de dicha propensión, sino algo primaria y esencialmente distinto y diferente. En esa instancia, el soñador o entusiasta, al interesarse por un objeto, por lo general *no* frívolo, pierde de vista al objeto, imperceptiblmente, entre el mundo de deducciones y sugerencias que de él parten, hasta que, al final de un ensueño, *usualmente colmado de voluptuosidad*, la persona se da cuenta de que el *incitamentum*, o causa de su reflexión, se ha desvanecido por completo y ha quedado en el olvido. En mi caso, el objeto principal era invariablemente frívolo y, a través de mi visión distorsionada, asumía una importancia refractada e ilusoria. Realizaba pocas deducciones, si las hubiera, y aquellas pocas siempre regresaban, pertinazmente, al centro que era el objeto original. Estas reflexiones *nunca* eran agradables; al terminar un ensueño, la primera razón, tan lejos de haberse esfumado, había obtenido el interés supernatural que es la principal característica de esta enfermedad. En una palabra, los poderes de la mente que se ejercían más particularmente eran, en mí, como he dicho antes, la *atención*, mientras que, con el soñador, era la *especulación*.

Mis libros, en esa época, a pesar de no irritar, en realidad, la enfermedad, eran parte importante, se podrá notar, por su naturaleza imaginativa e inconsecuente de las propiedades características de la propia enfermedad. Bien recuerdo, entre otros, el tratado del noble italiano Cœlius Secundus Curio, *De amplitudina Beati Regni Dei*, el gran trabajo de San Agustín, *La ciudad de Dios*, y el *De Carne Christi* de Tertuliano, en la que la frase paradójica, *«Mortuus est Dei filius; credibilidad est quia ineptum est; et sepultus resurrexit; certum est quia impossibile est»* sostuvo mi atención indivisa durante muchas semanas de laboriosa e infructuosa investigación.

Se podría decir, entonces, dado que solo perdía el equilibrio por culpa de cosas triviales, que mi razón se asemejaba a aquel risco marino del que hablaba Ptolomeo Efestión; risco que se resistía, establemente, a los ataques de violencia humana, así como a la furia todavía más feroz de las aguas y los vientos, y que tembló solamente por el toque de la flor llamada asfódelo. Y a pesar de que, para el pensador descuidado, pueda parecer indudable que el cambio en la condición moral de Berenice, producida por su triste enfermedad, me debería haber ofrecido muchos objetos sobre los cuales ejercer esa intensa y anormal reflexión cuya naturaleza me ha sido difícil explicar, pero ese no fue el caso de ninguna manera. En los lúcidos intervalos de mi enfermedad, su calamidad, en efecto, me generaba dolor, y no podía dejar de pensar, frecuentemente y con amargura, al tomar en cuenta el total naufragio de su pura y gentil vida, sobre la manera en que había sucedido una revolución tan extraña. Pero estos pensamientos no eran parte de la ideosincracia de mi enfermedad, y ocurrían como, bajo circunstancias similares, le ocurrirían a la masa ordinaria de la humanidad. Fiel a su carácter, mi desorden se deleitaba con los cambios menos importantes pero más sorprendentes del aspecto físico de Berenice: el cambio más singular y aterrador de su identidad personal.

Incluso durante los días más brillantes de su belleza incomparable, lo más seguro es que nunca la amé. En la extraña anomalía que era mi existencia, para mí, los sentimientos nunca fueron del corazón, y mis pasiones siempre fueron de la mente. A través del gris de la madrugada —entre las sombras de la celosía del bosque a mediodía y en el silencio de mi biblioteca por la noche—, ella pasó por mis ojos y yo la vi, no como la Berenice que vivía y respiraba, sino como la Berenice de un sueño; no como un ser de la tierra, terrenal, sino como la abstracción de ese ser; no como una cosa que admirar, sino analizar; no como un objeto de amor, sino como el tema de una especulación de lo más profunda, aunque errática. Y entonces, entonces temblaba en su presencia y palidecía al verla acercarse; pero, lamentando con amargura su decaído y desolado estado, recordé que me había amado durante mucho tiempo y, en un momento malvado, le hablé del matrimonio.

Y el momento de nuestras nupcias se acercaba cuando, en una tarde del invierno de ese año —en uno de aquellos días que son atemporalmente cálidos, tranquilos y brumosos, días de la bella Alcíone—[2] estaba sentado (y estaba sentado solo, pensando), en la parte interior de la biblioteca. Pero al levantar los ojos, vi que Berenice estaba parada frente a mí.

¿Era mi propia imaginación excitada o la influencia brumosa de la atmósfera, o el incierto crepúsculo de la habitación, o las cortinas grises que caían alrededor de su figura, lo que le daban una silueta tan indistinta y vacilante? No lo supe. Ella no dijo

---

2   «Ya que Júpiter, durante la temporada de invierno, da dos veces siete días de calidez, a este clima clemente y templado se le ha designado como amparo de la bella Alcíone». —Simónides de Ceos.

nada y yo ni por todo en el mundo podría haber pronunciado una sola sílaba. Un frío gélido me recorrió el cuerpo; una sensación de insufrible ansiedad me oprimió; una curiosidad que me consumía dominó mi alma; y cuando me hundí de nuevo en la silla, me quedé ahí durante un tiempo, sin respirar y sin moverme, con mis ojos fijos en su persona. ¡Ah! Su emaciación era excesiva y no quedaba ni un vestigio de su ser anterior en las líneas de su contorno. Mis miradas ardientes llegaron a su rostro.

Tenía la frente en alto y era muy pálida y estaba singularmente tranquila; el cabello que alguna vez fue negro caía parcialmente sobre la frente y opacaba las sienes huecas con innumerables rizos, ahora de un vívido amarillo que generaba discordancia, en su carácter fantástico, con la expresión de melancolía dominante. Los ojos no tenían vida ni brillo y por lo visto tampoco pupilas, así que me encogí involuntariamente bajo su mirada vítrea y pasé a contemplar los labios delgados y hundidos. Se abrieron, y en una sonrisa de significado peculiar, *los dientes* de la nueva Berenice se revelaron antes mis ojos. ¡Juro ante Dios que nunca los había visto, o que, al hacerlo, morí!

***

El cierre de una puerta me distrajo y, al mirar hacia arriba, me di cuenta de que mi prima se había ido de la cámara. Pero, de la desordenada cámara de mi cerebro —¡por desgracia!— no, ni tampoco se podía ahuyentar el *espectro* de los dientes blancos y desconcertantes. No había ni una mancha en su superficie —ni un tono ajeno en su esmalte, ni una mella en sus bordes—, y ese breve momento había sido suficiente para grabar su sonrisa en mi memoria. Los veía incluso con *más claridad* que cuando los contemplé por primera vez. ¡Esos dientes! ¡Esos dientes! Estaban aquí, y allá, y en todas partes, visibles y palpables delante de mí; largos, estrechos, excesivamente blancos, con los labios pálidos retorciéndose alrededor de ellos, como en ese mismo momento de primer y terrible descubrimiento. Entonces llegó toda la furia de mi *monomanía*, y luché en vano contra su extraña e irresistible influencia. No tenía ningún pensamiento para los múltiples objetos del mundo exterior más que para los dientes. A ellos los anhelaba con un deseo frenético. Todas las demás cosas y los diferentes intereses se disiparon. Ellos, solo ellos, eran lo único importante para mi ojo mental, y ellos, en su única individualidad, se convirtieron en la esencia de mi vida mental. Los sostuve en todos los tipos de luces. Les di vueltas desde todas las perspectivas. Examiné sus características. Indagué en sus peculiaridades. Medité sobre su conformación. Reflexioné sobre la alteración de su naturaleza. Temblé mientras les asignaba, en mi imaginación, un poder sensitivo y sensible, e, incluso sin la ayuda de los labios, una capacidad de expresión moral. Bien se ha dicho de mademoiselle Salle *que tous ses pas étaient des sentiments*, y de Berenice yo creía más seriamente *que toutes ses dents étaient des idées*. *¡Des idées!* ¡Ah! ¡Ese fue el estúpido pensamiento que me destruyó! ¡Las ideas! ¡Ah, *es por eso* que los deseaba con tanta locura! Sentí que tan solo poseerlos me devolvería la paz, pues me regresarían la cordura.

Y la noche se cernió sobre mí —y vino la oscuridad, transcurrió, y se marchó— y el día volvió a amanecer —y las nieblas de la segunda noche se empezaron a acumular— y yo seguía sentado en esa habitación solitaria —y yo seguía enterrado entre pensamientos— y todavía el fantasma de los dientes conservaba su terrible ascenso mientras, con la más vívida y horrenda claridad, flotaba entre las luces cambiantes y las sombras de la habitación. Eventualmente cruzó mis sueños un grito de horror y consternación; y a este le sucedió, después de una pausa, el sonido de voces turbulentas, mezcladas entre lamentos quedos de tristeza y dolor. Me levanté de mi asiento y, al abrir la puerta con fuerza, vi a una sirviente joven sentada en la antecámara, llena de lágrimas, que me dijo que Berenice ya... ¡había muerto! Había sido tomada por su epilepsia en la madrugada, y ahora, al cerrar de la noche, la tumba ya estaba lista para su inquilina y todas las preparaciones para el funeral habían sido completadas.

***

Me encontré sentado en la biblioteca, de nuevo sentado solo. Parecía que acababa de despertar de un sueño confuso y emocionante. Sabía que ya era medianoche y también era muy consciente de que, después de la puesta del sol, Berenice había sido enterrada. Pero del interludio aletargado no tenía ninguna idea concreta, o por lo menos no definitiva. Y sin embargo, su recuerdo estaba lleno de horror: horror que era más horrible por ser confuso y terror más terrible por ser ambiguo. Fue una página temerosa en el registro de mi existencia, toda escrita con recuerdos tenues, horribles e ininteligibles. Me esforcé por descifrarlos, pero en vano; mientras que, de vez en cuando, como el espíritu de un sonido desaparecido, el chirrido punzante de una voz femenina parecía apuntalar mis oídos. Había hecho algo... ¿qué fue? Me hice la pregunta en voz alta, y los ecos susurrantes de la habitación me respondieron «¿qué fue?».

En la mesa junto a mí brillaba una lámpara y junto a ella yacía una pequeña caja. No era nada notable, y la había visto con frecuencia antes, pues era propiedad del médico familiar, pero ¿cómo había llegado ahí, a mi mesa, y por qué verla me hacía temblar? No había manera de explicar esto y mis ojos cayeron sobre las páginas abiertas de un libro, sobre una oración subrayada en ellas. Las palabras eran las singulares pero simples palabras del poeta Ebn Zaiat: *Dicebant mihi sodales si sepulchrum amicae visitarem, curas meas aliquantulum fore levatas.*[3] ¿Por qué, entonces, mientras las examinaba, se me ponían los cabellos de punta y se me congelaba la sangre dentro de las venas?

Sonó un golpe ligero en la puerta de la biblioteca y, pálido como el ocupante de una tumba, un sirvientre entró de puntillas. Tenía una expresión llena de terror y me habló con una voz temblorosa, ronca y muy baja. ¿Qué fue lo que dijo? Escuché algunas frases quebradas. Habló sobre un grito violento que perturbó el silencio de la noche —de la reunión de todo el personal doméstico— y de una búsqueda hacia la dirección del sonido; y entonces su voz se volvió espantosamente diferente mientras me susurraba sobre una tumba violada, sobre un cuerpo que estaba desfigurado y cubierto, pero que todavía respiraba, que todavía palpitaba, *¡que todavía vivía!*

Señaló mis prendas; estaban llenas de lodo y cubiertas de sangre. No hablé, y tomó gentilmente mi mano: estaba mellada con la impresión de uñas. Dirigió mi atención a un objeto apoyado contra la pared. Miré durante algunos minutos: era una pala. Con un grito salté hacia la mesa y tomé la caja que ahí yacía. Pero no podía abrirla y, en mi estremecimiento, se resbaló de mis manos, cayó fuertemente y se rompió en pedazos; y de ella, con un traqueteo, rodaron algunos intrumentos de cirugía dental, entremezclados con treinta y dos pequeños objetos blancos, similares al marfil, que estaban dispersos por todo el suelo.

---

3   «Mis compañeros me dijeron que si visitaba la tumba de mi amigo, mis
      preocupaciones se aliviarían un poco».

EL HOMBRE QUE SE AGOTÓ

Pleurez, pleurez, mes yeux, et fondez vous en eau !
La moitié de ma vie a mis l'autre au tombeau

Corneille

Justo ahora no puedo recordar dónde o cuándo conocí por primera vez a ese verdaderamente apuesto sujeto, al general de brigada honorario John A. B. C. Smith. Tengo la certeza de que alguien me presentó al caballero; tengo la seguridad de que fue en una reunión pública organizada para algo o alguien de gran importancia, en un lugar u otro, cuyo nombre he olvidado inexplicablemente. La verdad es que ese encuentro, por mi parte, se llevó a cabo con un alto grado de ansiedad y vergüenza que me detuvo de generar impresiones acerca del momento o el lugar. Yo tengo un nerviosismo constitucional; esto, en mí, es un defecto familiar, y no lo puedo evitar. En especial, la más mínima apariencia de misterio —de cualquier punto que no pueda comprender exactamente— me produce de inmediato una lastimosa sensación de agitación.

Había algo, se podría decir, admirable —así es, admirable, aunque esta palabra es muy débil para expresar todo a lo que me refiero— sobre toda la individualidad del personaje en cuestión. Quizá media un metro, ochenta y cinco centímetros y tenía una presencia que era singularmente dominante. Había un aire distintivo alrededor de todo el hombre, un aire que hablaba de alta alcurnia y sugería un nacimiento de alto rango. En este tema —sobre la apariencia personal de Smith— tener tanta minuciosidad me produce un tipo de satisfacción melancólica. Su cabeza llena de cabello hubiera honrado a Brutus; nada podría fluir con tanta riqueza ni poseer tanto brillo. Era de un negro ébano, que también era el color, o más propiamente dicho, el no color, de sus bigotes inimaginables. Podrá darse cuenta de que no puedo hablar de estos últimos sin entusiasmo; no es demasiado decir que eran los bigotes más apuestos del mundo. En todas direcciones, rodeaban, y en ocasiones tapaban parcialmente, una boca igual de inigualable. Esos eran los más completamente equilibrados y los más brillantemente blancos de todos los dientes que se pueden imaginar. De ellos, en cada ocasión adecuada, salía una voz de claridad, melodía y fuerza superiores. En lo que respecta a los ojos, mi nueva amistad, de la misma manera, estaba preeminentemente dotado. Cada uno de ellos valía más que un par de órganos oculares ordinarios. Eran de un profundo color avellana, extremadamente grandes y lustrosos; y en ellos había, de vez en cuando, justo la cantidad necesaria de oblicuidad interesante para darle a su expresión la capacidad de captar la atención.

El torso del general era, sin lugar a duda, el mejor que he visto. Ni en toda una vida se podría encontrar un defecto en su maravillosa proporción. Esta rara peculiaridad le daba una gran ventaja a un par de hombros que podían generar un rubor de consciente inferioridad en el semblante del Apolo de mármol. Me apasionaban los hombros elegantes, y puedo decir que nunca antes había contemplado uno en su perfección. Los brazos enteros estaban modelados de una forma admirable. Y las extremidades inferiores eran igual de magníficas. Estas eran, en efecto, el *nec plus ultra* de las piernas bellas. Todo conocedor del asunto admitiría que sus piernas eran bellas. No tenían ni mucha carne ni my poca, ni eran toscas ni frágiles. No podría imaginar una curva más elegante que aquella de su *os femoris*, además de la gentil prominencia en la parte trasera de su fíbula, parte de la conformación de una pantorilla bien proporcionada. Desearía por Dios que mi joven y talentoso amigo Chiponchipino, el escultor, hubiera visto las piernas del general de brigada honorario John A. B. C.

Pero, aunque los hombres tan absolutamente apuestos no son tan comunes como las pasas y los arándanos, aun así no podía creer que ese algo sorprendente al que aludo —el aire extraño de *je ne sais qoui* que rodeaba a mi nueva amistad— yacía, enteramente, en la suprema excelencia de sus atributos físicos. Puede que esto se debía a sus formas, pero sobre ello tampoco puedo pretender certeza. Había una formalidad, por no decir rigidez, en la manera de su porte: un grado de mesurada y, si puedo decirlo así, rectangular precisión en todos sus movimientos, los cuales, de haber sido observados en una figura más diminuta, no tendrían nada similar al mundo de las afectaciones, la pomposidad o la discreción, pero que, al venir de un caballero de sus evidentes dimensiones, eran inmediatamente catalogados como reservados, como *hauteur*; en pocas palabras, de un juicio admirable, lo que es debido ante la dignidad de aquello de proporción colosal.

La amable amistad que me presentó al general Smith susurró algunos comentarios sobre el hombre a mi oído. Era un hombre excepcional —un hombre muy excepcional, efectivamente uno de los hombres más excepcionales de la época—. Además, era un favorito especial entre las damas, sobre todo por la alta reputación de su valentía.

—En ese tema es inigualable. En efecto, él es un perfecto *desperado,* un verdadero tragafuegos, y no es mentira —dijo mi amigo, bajando excesivamente el registro de su voz y emocionándome con el misterio de su tono—. Sí, un verdadero tragafuegos, sin dudarlo. Yo diría que lo demostró en la última y tremenda pelea del pantano, allá abajo en el Sur, con los indios bugaboo y los kickapoo... —En ese momento mi amigo abrió sus ojos hasta cierto punto—. ¡Bendita sea! ¡Sangre y trueno y todo eso! ¡Prodigios de coraje! ¿Seguramente ha escuchado sobre él? Ya sabe, es el hombre que...

—Hombre, ¿cómo le va? ¿Dios, cómo está? ¡De verdad me da mucho gusto verlo! —interrumpió el general, tomando la mano de mi acompañante mientras se acercaba, para después inclinarse rígida pero profundamente, mientras me presentaban. Y entonces pensé (y lo pienso todavía) que nunca había escuchado una voz tan clara ni tan fuerte ni había presenciado una colección de dientes más elegantes. Pero tengo que decir que justo en ese momento lamentaba la interrupción, pues, gracias a los susurros e insinuaciones antes mencionadas, mi interés por el héroe de los bugaboo y los kickapoo había sido captado.

Sin embargo, la maravillosa y luminosa conversación del general de brigada honorario John A. B. C. Smith pronto disipó por completo esta pena. Mi amigo nos dejó inmediatamente, por lo que tuvimos un muy extenso *tête-à-tête* que no solo me dio gran gusto, sino también fue un gran aprendizaje. Nunca había escuchado a un orador más fluido, o a un hombre poseedor de tan gran conocimiento general. Con atractiva modestia, sin embargo, se abstuvo de tocar el tema que más presente tenía en el corazón —me refiero a aquel sobre las misteriosas circunstancias que rodeaban la guerra de los bugaboo— y, por mi parte, lo que considero fue un sentido propio de la prudencia me detuvo de hablar sobre ello; aunque, en realidad, tenía una gran tentación de hacerlo. También me di cuenta de que el gallardo soldado prefería los temas de interés filosófico, y de que se regocijaba, en especial, en comentar sobre la rápida marcha de la invención mecánica. En efecto, a donde quiera que lo llevara, este era un punto al que invariablemente regresaba.

—No hay nada más como ello —decía—. Somos personas maravillosas y vivimos en una época maravillosa. ¡Paracaídas y ferrocarriles, trampas de caza y pistolas de resorte! Nuestros barcos de vapor están en todos los mares y el globo de Nassau está a punto de realizar viajes regulares (a solo veinte libras el pasaje hacia cualquier dirección) entre Londres y Tombuctú. ¡Y quién habrá de calcular la inmensa influencia sobre la vida social, sobre las artes, sobre el comercio, sobre la literatura que será el resultado inmediato de los grandes principios de la electromagnética! ¡Y esto no lo es todo, se lo aseguro! Realmente no hay fin en la marcha de la invención. Los más maravillosos, los más ingeniosos y, déjeme agregar, señor... señor Thompson, creo que es su nombre... déjeme agregar que los más útiles artilugios mecánicos, y verdaderamente los más útiles, brotan todo el tiempo como setas, si puedo decirlo así, o, en un sentido más figurado, como saltamontes... como saltamontes, señor Thompson... que saltan junto a nosotros y a... a... a... ¡alrededor de nosotros!

Thompson, definitivamente, no es mi nombre, pero sobra decir que dejé al general Smith con un interés elevado en ese hombre, con una opinión exaltada de sus poderes de conversación y con un profundo sentido de los valiosos privilegios que disfrutamos al vivir en esta era de invención mecánica. Sin embargo, mi curiosidad no había sido del todo satisfecha, y decidí efectuar inmediata investigación entre mis amistades sobre el general de brigada honorario, con particular respecto de los tremendos eventos *quorum pars magna fuit* que sucedieron durante la campaña de los bugaboo y los kickapoo.

La primera oportunidad que se presentó, y que *(horresco referens)* no tuve ninguna reserva en aprovechar, ocurrió en la iglesia del reverendo doctor Drummummupp, en donde me senté, un domingo, justo en el momento del sermón, no solo en la banca, sino junto a esa muy apreciada y comunicativa amiga mía, la señorita Tabitha T. Ahí en la banca, me felicité a mí mismo, y con mucha razón, por el estado favorecedor de la situación. Si cualquier persona sabía algo sobre el general de brigada honorario John A. B. C. Smith, esa persona, quedaba claro, era la señorita Tabitha T. Nos hicimos algunas señales y después comenzamos, *sotto voce*, un *tête-à-tête*.

—¡Smith! —dijo en respuesta a mi ferviente pregunta—. ¿No está usted hablando del general John A. B. C.? ¡Dios, yo pensé que usted sabía todo sobre él! ¡Esta es una maravillosa época de invenciones! ¡Qué asunto tan terrible! ¡Son un maldito grupo de granujas esos kickapoos! Sí, peleó como un héroe... prodigios de coraje... renombre inmortal. ¡Smith! El general de brigada honorario John A. B. C. Pues, ya sabe usted, es el hombre que...

—¡Hombre! —interrumpió el Doctor Drummummupp a pleno pulmón, y con un golpe que casi hace que el púlpito se rompa en nuestros oídos—. ¡El hombre que nace de la mujer tiene solo un momento para vivir; se eleva y es arrancado como una flor!

Me moví al extremo de la banca y me di cuenta, por las miradas enojadas del divino, que la furia que casi había sido fatal para el púlpito había sido causada por los susurros entre la dama y yo. Ya no había nada que hacer, así que me sometí de buena gana y escuché, en todo el martirio del silencio dignificado, el resto de ese importantísimo discurso.

La siguiente tarde me encontré visitando, algo tarde, del Teatro Rantipole, en donde tenía certeza de que satisfacería mi curiosidad de inmediato simplemente por pasar al palco de aquellos especímenes exquisitos de afabilidad y omnisciencia, las señoritas Arabella y Miranda Cognoscenti. Aquel notable trágico, Clímax, estaba interpretando a Yago ante una audiencia repleta, y yo tuve algo de dificultad para que mis deseos fueran entendidos; sobre todo porque nuestro palco estaba junto a los asientos delanteros y tenía vista a todo el escenario.

—¿Smith? ¿No está usted hablando del general John A. B. C.? —dijo la señorita Arabella al comprender el propósito de mi pregunta.

—¡Smith! Dios mío, ¿alguna vez había contemplado una figura más elegante? —preguntó Miranda distraídamente.

—Nunca, señorita, pero dígame...

—¿O una gracia tan inigualable?

—¡Nunca, lo juro! Pero, por favor, coménteme...

—¿O un sentido tan profundo de la escena?

—¡Señorita!

—¿O una demostración más delicada de la verdadera belleza de Shakespeare? ¡Mire nada más qué piernas!

—¡Diablos! —Y me volteé de nuevo hacia su hermana.

—¡Smith! ¿No está hablando usted del general John A. B. C.? Qué asunto tan terrible, ¿no? Unos granujas, esos bugaboos... salvajes y así... pero vivimos en una época maravillosamente inventiva... ¡Smith!... ¡Claro, un gran hombre! Un perfecto *desperado*... renombre inmortal... prodigio de coraje. ¡Nunca había escuchado algo así! —dijo esto a gritos—. Dios me bendiga, es el hombre que...

> ...ni la mandrágora,
> ni todos los jarabes somníferos del mundo,
> te podrán medicar hasta alcanzar
> aquel dulce sueño que poseías ayer!

...rugió Clímax justo en mi oído, sacudiendo su puño en mi cara todo el tiempo, de una manera que no pude ni quise soportar. Dejé a las señoritas Cognoscenti de inmediato, fui a los bastidores y le di al mísero canalla una paliza que espero recordará hasta el día de su muerte.

Tenía confianza de que, en la *soirée* de la encantadora viuda, la señora Kathleen O'Trump, no volvería a sufrir decepción similar. De esta manera, en cuanto me senté en la mesa de juego para un *vis-à-vis* con mi bella anfitriona, pronuncié aquellas preguntas cuyas respuestas se habían convertido en parte tan esencial de mi calma.

—¡Smith! ¿No está hablando usted del general John A. B. C.? —dijo mi compañera—. Qué asunto tan terrible, ¿no? ¿Diamantes, dijo? ¡Terribles granujas, esos kickapoos! Por favor, señor Tattle, estamos jugando al *whist*... Sin embargo, esta es la era de la invención, uno podría decir que en efecto es esta... una era de excelencia... ¿Habla francés? Oh, qué héroe... un perfecto *desperado*... ¿No tiene corazones, señor Tattle? ¡No lo puedo creer! ¡Renombre inmortal y todo eso! ¡Prodigios de coraje! ¡Nunca había escuchado algo así! Dios me bendiga, él es el hombre[4] que...

—¿Mann? ¡Capitán Mann! —gritó una pequeña intrusa desde la esquina más lejana de la habitación—. ¿Están hablando sobre el capitán Mann y el duelo? Oh, debo escuchar... por favor, continúen... continúen, señora O'Trump... ¡continúen!

Y continuar es lo que hizo la señora O'Trump... sobre cierto ca-

---

4 «Hombre» es «man», en inglés.

pitán Mann que fue o fusilado o ahorcado o que debió haber sido ambos fusilado y ahorcado. ¡Sí! La señora O'Trump siguió y siguió y yo... yo me desconecté. No había manera de escuchar algo más sobre el general de brigada honorario John A. B. C. esa tarde.

Aun así, me consolaba el hecho de que esa marea de mala suerte no me golpearía por siempre, y conjuré la determinación de realizar un intento osado para conseguir información por medio del encantamiento de un pequeño ángel, la elegante señorita Pirouette.

—¿Smith? ¿No habla usted del general John A. B. C.? —dijo la señorita Pirouette mientras dábamos vueltas en un *pas de zephyr*—. Qué asunto tan terrible el de los bugaboos, ¿no? Criaturas terribles, esos indios... ¡Por favor, la punta de los pies va hacia afuera! ¿No le da vergüenza? ¡Es un hombre de gran coraje, el pobre! Pero esta es una maravillosa época para la invención... Oh, me estoy quedando sin aire... Un verdadero *desperado*... prodigios de coraje... ¡Nunca había escuchado algo así...! No lo puedo creer.... Tendré que sentarme y contarle... ¡Smith! Pues él es el hombre que...

—¡Es Man-fredo, le digo! —aulló la señorita Bas-Bleu mientras llevaba a la señorita Pirouette a su silla—. ¿Alguien había escuchado algo así? Se trata de Man-fredo, le digo, y de ninguna manera Man-frido.

La señorita Bas-Bleu me indicó que me acercara de una manera muy definitiva, así que me vi en la obligación, en contra de mis deseos, de dejar a la señorita Piroutte, con el propósito de arreglar una disputa sobre el título de cierto drama poético de Lord Byron. Aunque declaré, con gran prontitud, que el verdadero nombre era Man-frido, y de ninguna manera Man-fredo, cuando regresé a buscar a la señorita Pirouette, ella ya no estaba a la vista, así que me retiré de la casa con un espíritu de amargura y animosidad contra toda la estirpe de los Bas-Blues.

El asunto se había vuelto mucho más serio, y decidí llamar de inmediato a mi amigo más peculiar, el señor Theodore Sinivate, pues sabía que de él iba a conseguir, por lo menos, algo de información definitiva.

—¡Smith! ¿No habla usted del general John A. B. C.? —dijo en su manera tan particular de arrastrar las sílabas—. Qué asunto tan salvaje el de los kickapo-o-os, ¿no? ¿No cree? Un perfecto *despera-a-ado*... una gran pena, ¡lo juro por mi honor! ¡Esta es una época de maravilla inventiva! ¡Pro-o-digios de coraje! ¿Por cierto, alguna vez ha escuchado del capitán Ma-a-a-nn?

—¡Que se p...! —dije—. Por favor, continúe con su historia.

—¡Ejem! Bueno... pues es *la même chose*, como decimos en Francia. ¿Smith, eh? ¿El general de brigada honorario John A. B. C.? Vea usted —en ese momento el señor S. decidió que lo más apropiado era poner su dedo junto a su nariz—, no pretende insinuar, real y verdaderamente, a consciencia, que no sabe todo sobre los asuntos del general Smith tan bien como yo, ¿verdad? ¿Smith? ¿John A. B. C.? Pues el hombre que...

—Señor Sinivate —dije, implorando—, ¿él es el hombre de la máscara?

—¡No-o-o! —dijo, en tono sabio—. Tampoco es el hombre de la lu-u-na.

Consideré que esta respuesta era un verdarero y puntiagudo insulto, así que dejé la casa de inmediato de muy mal humor, con el resoluto propósito de llamar la atención de mi amigo, el señor Sinivate, a su conducta poco caballerosa y de poca monta.

Sin embargo, mientras tanto, no tenía intenciones de que se me negara descubrir la información que deseaba. Todavía tenía un último recurso. Iría a la fuente misma. Llamaría al propio general y demandaría, de manera explícita, una resolución a esta abominable pieza de misterio. De esta manera, por lo menos, no habría posibilidad de equívocos. Usaría la franqueza, la seguridad y la autoridad para ser tan breve como el hojaldre de un pastel y hablar con tanta precisión como Tácito o Montesquieu.

Era temprano cuando toqué y el general se estaba vistiendo, pero mencioné que se trataba de algo urgente, así que un viejo sirviente negro me llevó hasta su dormitorio, en donde se quedó a la espera durante mi visita. Al entrar a la habitación, miré alrededor, por supuesto, en búsqueda del ocupante, pero no lo vi de inmediato. Había un grande y muy extraño bulto de algo que se encontraba en el suelo cerca de mis pies y, como no estaba del mejor humor del mundo, lo patée lejos de mi camino.

—¡Ejem! ¡Disculpe! ¡Poco civilizado, he de decir! —dijo el bulto en la más diminuta y más graciosa vocecilla que había escuchado en todos los días de mi existencia, como si fuera una mezcla entre un chirrido y un silbido—. ¡Disculpe! ¡Qué poca educación!

Grité con terror, con razón, y corrí, en una tangente, hacia el extremo más lejano de la habitación.

—¡Dios me libre, colega! —de nuevo silbó el bulto—. ¿Pero qué... qué... cuál es el problema? De verdad parece como si no me reconociera.

¿Qué podía decir ante todo esto? ¿Qué podía decir? Me tambaleé hasta caer en un sillón; con la mirada fija en él y la boca abierta, esperé a que llegara la solución a aquella sorpresa.

—¿No le parece extraño que no me reconozca? —de nuevo chilló lo no descrito, que ahora me daba cuenta de que estaba dibujando en el suelo algún tipo de evolución inexplicable, muy parecida al movimiento de ponerse una calceta. Sin embargo, por lo visto solo tenía una pierna—. ¿No le parece extraño que no me reconozca? ¡Pompey, tráeme esa pierna!

Entonces Pompey entregó al bulto una muy bella pierna de corcho que se puso de inmediato; después se irguió justo frente a mis ojos.

—Y qué sangriento fue aquello —continuó la cosa, como en soliloquio—, pero uno no pelea contra los bugaboos y los kickapoos pensando que va a salir sin un solo rasguño. Pompey, te agradecería me pasaras el brazo. Thomas —dijo al voltear hacia mí— es definitivamente el mejor para las piernas de corcho; pero si algún día necesitara un brazo, querido amigo, deje que le recomiende a Bishop.

Entonces Pompey le enroscó un brazo.

—Se podría decir que tuvimos que hacer un arduo trabajo. Perro, ahora ponme mi torso y mis hombros. Pettit hace los mejores hombros, pero para el torso tendrá que ir con Ducrow.

—¡Un torso! —dije.

—¿Pompey, algún día tendrás lista esa peluca? Después de todo, el escalpelamiento es un proceso complicado, así que en su lugar puede conseguir una provisional muy buena en De L'Orme's.

—¡Una peluca!

—¡Ahora mis dientes, negro! Para un buen conjunto de esos tiene que ir a Parmly's de inmediato; precios altos, pero excelente trabajo. Me tragué bastantes cuando un gran bugaboo me embistió con la culata de su rifle. ¡Con la culata! ¡Me embistió! ¡En el ojo! Ah, sí, por cierto, mi ojo... Aquí, Pompey, haragán, ¡mételo aquí! Esos kickapoos no son nada tontos para dejar a uno tuerto, pero el doctor Williams es un ilusionista; ni se imagina lo bien que veo con los ojos de su creación.

Ahora me empezaba a dar cuenta muy claramente de que el objeto frente a mí no era nada más ni nada menos que mi nueva amistad, el general de brigada honorario John A. B. C. Smith. Las modificaciones que había hecho Pompey, debo confesar, generaron una diferencia extraordinaria en la apariencia del hombre. Su voz, sin embargo, todavía me confundía, pero incluso este misterio se resolvió rápidamente.

—Pompey, pillo negro —chilló el general—, de verdad creo que me dejarías salir sin mi paladar.

A continuación, el sirviente, refunfuñando una disculpa, se dirigió a su patrón, abrió su boca con el aire conocedor de un jinete y ajustó ahí, de manera muy hábil, algo que parecía ser una máquina de aspecto singular y que no pude descifrar por completo. Sin embargo, el cambio en toda la expresión del rostro del general fue instantáneo y sorprendente. Cuando volvió a hablar, su voz volvía a tener esa rica melodía y fuerza que noté la vez que lo conocí.

—¡Malditos vagabundos! —dijo en un tono tan claro que aprecié el cambio—. ¡Malditos granujas! No solamente me hundieron el paladar, sino que además se tomaron la molestia de cortar al menos quince centímetros de mi lengua. Sin embargo, no hay nadie como Bonfanti, en Estados Unidos, que realice artículos tan buenos de este tipo. Se lo puedo recomendar con confianza —el general se inclinó—. Y le aseguro que me daría un inmenso placer hacerlo.

Agradecí su amabilidad de la mejor manera posible y me retiré de inmediato, con un entendimiento perfecto del verdadero estado de las cosas; con una comprensión completa del misterio que durante tanto tiempo me había aquejado. Era evidente. Era un caso muy claro. El general de brigada honorario John A. B. C. era... el hombre que se agotó.

LA INIGUALABLE AVENTURA DE UN TAL HANS PFAALL

Con el corazón lleno de furiosas fantasías,
de las que soy el amo,
con una lanza ardiente *y un caballo de aire,*
hacia el páramo voy errando.

La canción de Tom O'Bedlam

Según los informes más recientes de Rotterdam, parece que la ciudad está en un estado de alta conmoción filosófica. En efecto, se han producido fenómenos de una naturaleza tan completamente inesperada —totalmente novedosa y tan diferente de las concepciones ordinarias— que no queda duda de que se ha extendido un alboroto por toda Europa, una agitación dentro de la física, una contienda entre la razón y la astronomía.

Parece ser que en el día... de... (no sé con certeza la fecha), una gran multitud de personas se reunió, para fines no especificados, en la gran plaza de la Bolsa de la bien organizada ciudad de Rotterdam. El día era caluroso —inusualmente caluroso para la temporada— y no había ni una corriente de aire; el buen humor de la multitud se mantenía incluso cuando caía, de vez en cuando, de grandes cúmulos de nubes blancas distribuidas por la bóveda azul del firmamento, una amigable lluvia de corta duración. Sin embargo, cerca del mediodía, una leve pero notoria agitación entre los presentes se hizo evidente. Estalló el parloteo de diez mil lenguas y, un instante después, diez mil rostros voltearon hacia el cielo; diez mil pipas cayeron al mismo tiempo de las comisuras de diez mil labios; y un solo grito, tan fuerte que solo podría compararse con el estruendo del Niágara, resonó durante mucho tiempo, con fuerza y furia, en toda la ciudad de Rotterdam y sus alrededores.

Pronto se aclaró la razón detrás del tumulto. De espaldas de la gran masa de uno de esos cúmulos de nubes perfectamente delineados, emergió lentamente, hacia un área abierta de espacio azul, una extraña y heterogénea pero aparentemente sólida sustancia, de una forma tan singular, tan fantasiosamente construida, que no había manera de que los robustos burgueses, parados debajo con la boca abierta, la pudieran comprender ni terminar de admirar. ¿Qué podría ser? En el nombre de todos los demonios de Rotterdam, ¿qué era lo que representaba? Nadie lo sabía; nadie lo podía imaginar; nadie —ni siquiera el burgomaestre Mynheer Superbus Von Underduk— tenía la menor idea de cómo descifrar el misterio. Así que, como no había nada razonable que se pudiera hacer, todos los hombres se volvieron a llevar su pipa a la cornisa de los labios y, con un ojo certero puesto sobre el fenómeno, fumaron, pausaron, se contonearon por el lugar y gruñeron significativamente... luego se contonearon de regreso, gruñeron, pausaron y, finalmente, volvieron a fumar.

Sin embargo, mientras tanto, el objeto de tanta curiosidad y la causa de tanto humo iba descendiendo cada vez más hacia la gran ciudad. En muy pocos minutos se acercó lo suficiente como para distinguirlo con precisión. Parecía ser... ¡Sí! *Era*, sin lugar a duda, una especie de globo, pero desde luego ningún globo como ese se había visto antes en Rotterdam. ¿Pues quién, permítame preguntar, había escuchado alguna vez de un globo fabricado completamente de periódicos sucios? Ciertamente a nadie en Holanda se le había ocurrido; y, sin embargo, aquí, bajo las narices de la gente, o más bien a cierta distancia *sobre* ellas, se encontraba el objeto en cuestión, que además estaba construido —y lo sé de buena fuente— justamente del material que nadie antes pensó que se podría usar para un propósito similar. Era un insulto atroz para el buen sentido de los burgueses de Rotterdam. En cuanto a la forma del fenómeno, esta era incluso más reprobable. Era nada mejor que el sombrero de un arlequín puesto al revés. Y no había manera de que disminuyera su parecido, pues, al llevar a cabo una inspección más cercana, la multitud pudo ver una gran borla que colgaba desde su punta. Además, alrededor de la orilla superior o base del cono, había un círculo de pequeños instrumentos, parecidos a cencerros, que tintineaban continuamente al ritmo de la tonada de *Betty Martin*. Pero lo peor era que, suspendido de listones azules de un extremo de esta fantástica máquina, colgaba, como navecilla, un enorme sombrero de castor color café, con un ala superlativamente ancha y una copa hemisférica con una banda negra y una hebilla plateada. Es relevante agregar que muchos de los ciudadanos de Rotterdam juraron haber visto ese sombrero muchas veces antes. Y en efecto toda la multitud parecía verlo con ojos de familiaridad, mientras que la señora Grettel Pfaall, al mirarlo, gritó con alegre sorpresa y declaró que ese sombrero era el mismísimo sombrero de su buen hombre. Ahora bien, esta era una circunstancia que debía tomarse en cuenta, pues Pfaall, junto con tres compañeros, había desaparecido de Rotterdam hacía cinco años, de una manera muy súbita e inexplicable, y hasta ese momento todos los intentos de comprender su desaparición habían fallado. Es verdad que se acababan de descubrir unos huesos que se creían humanos, entre una pila de basura muy extraña, en un lugar alejado, al este de la ciudad, y algunas personas habían llegado a imaginar que en ese sitio se había cometido un terrible homicidio, y que las víctimas eran, seguramente, Hans Pfaall y sus compañeros... Pero no hay que desviarnos del tema.

El globo (pues no había duda de que lo era) ya se encontraba a casi treinta metros del suelo, lo que permitía que la multitud que estaba debajo pudiera ver a la persona que lo ocupaba. En realidad, era *alguien* muy singular. No podía medir más de medio metro, pero incluso su altura, tan baja como era, hubiera sido suficiente para desequilibrarlo y tirarlo por la borda de su pequeño carruaje, si no fuera por la intervención de un aro que lo sujetaba a la altura del pecho y que estaba atado al cordaje del globo. El cuerpo del pequeño hombre era mucho más amplio de lo que era proporcional a su altura, lo que le daba a su figura una redondez muy absurda. Sus pies, desde luego, no se podían ver en absoluto. Sus manos eran enormemente grandes. Su cabello era gris y estaba recogido en una coleta. Su nariz era prodigiosamente larga, torcida e inflamada; sus ojos, llenos, brillantes y agudos; su mentón y sus mejillas, aunque arrugadas por la edad, eran anchas, gordas y dobles, pero en su cabeza no había ningún tipo de orejas que se pudieran observar. Este extraño y diminuto caballero vestía un capote suelto de satén azul cielo y pantalones ajustados a juego, sujetos a las rodillas por broches plateados. Llevaba un chaleco de un material de color amarillo brillante; una gorra de tafetán blanco se asentaba elegantemente en un lado de su cabeza; para completar su indumentaria, un pañuelo de seda, roja como la sangre, le envolvía la garganta y caía, de forma delicada, sobre su pecho, en un fantástico moño de súper extraordinarias dimensiones.

Habiendo descendido, como mencioné antes, a casi treinta metros sobre la superficie de la Tierra, al anciano y pequeño caballero le atrapó un temblor de miedo y se vio reacio a acercarse más hacia *terra firma*, de tal manera que, al aventar una cantidad de arena de una bolsa de lona, que levantó con gran dificultad, se quedó inmóvil durante un instante. Entonces procedió, de manera rápida y agitada, a extraer, de uno de los bolsillos laterales de su capote, una cartera de piel marroquí. La sopesó en su mano con desconfianza y después la miró con un aire de extrema sorpresa; mostró evidente asombro ante su peso. Después de un momento, la abrió y de ella extrajo una gran carta cerrada con un sello de cera roja y atada con cinta roja; la dejó caer con precisión a los pies del burgomaestre Superbus Von Underduk. Su Excelencia se agachó para recoger la carta. Pero el aeronauta, todavía en evidente incomodidad, y con ninguna razón aparente para quedarse en Rotterdam, empezó a hacer las preparaciones necesarias para su partida; la media docena de bolsas de lastre que aventó, una tras otra, para volver a ascender, sin preocuparse por vaciarlas antes de arrojarlas, cayeron, todas ellas, desgraciadamente, sobre la espalda del burgomaestre, lo que lo arrojó al suelo no menos de seis veces frente a todos los ciudadanos de Rotterdam. Empero, no se debe suponer que el gran Underduk dejó que esta impertinencia de parte del pequeño anciano pasara desapercibida. Por el contrario, se dice que, en cada una de sus seis rotaciones, emitió no menos de seis distintivas furiosas bocanadas de humo de su pipa, a la cual se aferró con fuerza durante todo el tiempo y a la cual pretende aferrarse con fuerza (si Dios quiere) hasta el día de su muerte.

Mientras tanto, el globo se elevó como una alondra y flotó muy lejos sobre la ciudad, hasta que, tranquilamente, la corriente lo escondió detrás de una nube similar a aquella de la que emergió tan extrañamente, y desapareció para siempre de la vista curiosa de los ciudadanos de Rotterdam. Toda la atención se dirigió entonces a la carta, cuyo arribo y cuyas consecuencias después de este habían resultado tan fatalmente subversivas tanto para la persona como para la dignidad de Su Excelencia, Von Underduk. Sin embargo, este funcionario no descuidó, durante sus movimientos giratorios, la importante tarea de apoderarse de la carta, la cual se demostró, después de una atenta inspección, que había caído en las manos más apropiadas, ya que estaba dirigida a él y al profesor Rubadub, en sus capacidades oficiales de presidente y vicepresidente del Colegio de Astronomía de Rotterdam. Ambos destinatarios acordaron abrir la carta en ese mismo sitio, y en ella encontraron el siguiente extraordinario, además de muy serio, mensaje:

***

A Sus Excelencias Von Underduk y Rubadub, Presidente y Vicepresidente del Colegio Estatal de Astrónomos, en la ciudad de Rotterdam:

Puede que Sus Excelencias recuerden a un humilde artesano de nombre Hans Pfaall y de profesión remendador de fuelles, quien, junto con otros tres, desapareció de Rotterdam hace aproximadamente cinco años, de una manera que debe haberse considerado inexplicable. Empero, si les place a Sus Excelencias, yo, el escritor de esta comunicación, soy el aludido y mismísimo Hans Pfaall. Es bien sabido por la mayoría de mis conciudadanos que, por un periodo de cuarenta años, viví en el pequeño edificio cuadrado de ladrillo que está al principio del callejón llamado «Sauerkraut», en donde residí hasta el momento de mi desaparición. Mis ancestros también residieron ahí durante tiempos inmemorables. Ellos, como yo, siguieron la respetable y ciertamente lucrativa profesión del remiendo de fuelles: pues, a decir verdad, hasta hace poco, en vista de que la política ha vuelto loco a todo el mundo, un ciudadano honesto de Rotterdam no podía desear o merecer un mejor oficio que el mío. El crédito era bueno, el empleo nunca faltaba y no había carencia ni de dinero ni de buena voluntad. Pero, como decía, pronto empezamos a sentir los efectos de la libertad y los largos discursos y el radicalismo y demás cosas por el estilo. Las personas que antes habían sido los mejores clientes del mundo ya no tenían tiempo en absoluto para pensar en nosotros. Todo su tiempo se les iba en leer sobre las revoluciones y en mantenerse al día en las cuestiones intelectuales y el espíritu de la época. Si un fuego necesitaba airearse, fácilmente podía hacerse con un periódico, y mientras el gobierno se volvía cada vez más débil, la vida útil del hierro y la piel se volvía cada vez más extensa, sin duda, pues, en un corto tiempo, ya no había ni un par de fuelles en toda Rotterdam que necesitara una puntada o requiriera la asistencia de un martillo. Esta fue una situación que no pude soportar. Pronto me quedé tan pobre como una rata y, al tener una esposa e hijos para los cuales proveer, mis obligaciones se volvieron intolerables, y me pasé hora tras hora reflexionando sobre el método más conveniente de terminar con mi vida. Mientras tanto, los acreedores me dejaban poco tiempo para la contemplación. Mi casa fue literalmente asediada desde el amanecer hasta el anochecer. Había tres personas en particular que me molestaban más allá de lo aceptable, pues acechaban continuamente mi puerta y me amenazaban con la ley. Juré vengarme de la manera más terrible de esos tres personajes, si algún día tenía la suerte de tenerlos entre mis manos, y creo que el placer de esta anticipación fue la única cosa en el mundo que me detuvo de ejecutar de inmediato mi plan de suicidio y volarme los sesos con un trabuco. Empero, decidí que lo mejor era disimular mi cólera y hablarles con promesas y buenas palabras, hasta que, por medio de un buen giro del destino, una oportunidad de venganza se me presentó.

Un día, después de haberme escapado de ellos, y sintiéndome más desalentado de lo usual, deambulé por un largo tiempo sin destino por las calles más oscuras, hasta que me topé con la esquina del puesto del vendedor de libros. Al ver una silla cercana, destinada al uso de los clientes, me senté en ella con determinación y, sin saber por qué, abrí las páginas del primer volumen que estaba a mi alcance. Resultó ser un pequeño panfleto que contenía un tratado sobre astronomía especulativa, escrito por el profesor Encke de Berlín, o por un francés de nombre similar. Ya tenía algunas nociones sobre los asuntos de esta naturaleza y pronto me fui quedando más y más absorto en los contenidos del libro; de hecho, lo leí dos veces antes de reconocer lo que pasaba alrededor de mí. Para entonces ya crecía la oscuridad, así que dirigí mis pasos hacia casa. Pero el tratado (junto con el descubrimiento de la neumática, que me acababa de transmitir un primo de Nantes a manera de secreto) había dejado una impresión indeleble en mi mente y, mientras caminaba por las calles sombrías, le daba vueltas en mi memoria a los atrevidos y a veces ininteligibles argumentos del autor. Unos pasajes en particular afectaron mi imaginación de manera extraordinaria. Entre más tiempo reflexionaba sobre ellos, más intenso se volvía el interés que había despertado dentro de mí. La naturaleza limitada de mi educación en general, y en especial mi ignorancia sobre temas relacionados con la filosofía natural, antes que hacerme dudar de mi habilidad para comprender lo que había leído o hacerme desconfiar de las vagas nociones que aparecían en mi consciencia, me sirvió meramente para estimular mucho más mi imaginación. Y fui lo suficientemente vano, o tal vez razonable, como para dudar de aquellas ideas en bruto que, propias de las mentes mal reguladas, a pesar de parecerlo, posiblemente no poseían toda la fuerza, la realidad y otras propiedades inherentes del instinto o la intuición.

Ya era tarde cuando llegué a mi hogar; me acosté de inmediato. Mi mente, sin embargo, estaba demasiado ocupada como para dormir, así que me pasé toda la noche hundido en meditación. En la mañana me levanté temprano, me dirigí con impaciencia al puesto del vendedor de libros y le presenté el poco dinero que tenía para comprar algunos volúmenes de mecánica y astronomía práctica. Habiendo llegado a salvo a casa con los libros, dediqué cada momento libre a su lectura, y pronto me volví tan altamente competente en los estudios de esta naturaleza como pensé que era necesario para la ejecución de cierto designio que ya fuera el diablo o mi genio me había inspirado. Entre los intervalos de este periodo, hice mi mejor esfuerzo para apaciguar a los tres acreedores que me daban tanta molestia. Finalmente logré hacerlo, en parte porque vendí una cantidad suficiente de los muebles de mi hogar para satisfacer una porción de la deuda, y en parte porque prometí pagar lo restante al completar un pequeño proyecto que les dije que tenía en mente y para el cual solicité sus servicios. De esta manera (pues eran hombres ignorantes), fácilmente logré que se alinearan con mi propósito.

Una vez se arregló esta cuestión, urdí un plan, con la ayuda de mi esposa, y con el mayor secreto y precaución, para deshacerme de la propiedad que me quedaba y para pedir prestada, en pequeñas sumas, bajo varios pretextos y sin prestar ninguna atención (me avergüenza decirlo) a la manera en la que habría de pagar, una cantidad considerable de dinero. Con el capital ya acumulado, procedí a comprar, de poco a poco, piezas de diez metros cada una de una fina muselina batista, así como cuerda de yute, barniz de caucho, una canasta muy grande y profunda de mimbre, hecha a la medida, y muchos otros artículos necesarios para la construcción y equipamiento de un globo de dimensiones extraordinarias. Le indiqué a mi esposa que lo construyera tan pronto como fuera posible y le di toda la información necesaria sobre la particular manera en la que tenía que proceder. Mientras tanto, tejí una red lo suficientemente grande con la cuerda de yute, le agregué un aro y el cordaje necesario y compré numerosos instrumentos y materiales para el experimento que habría de realizar en las regiones de la atmósfera superior. Entonces me las arreglé para llevar, de noche, a un lugar retirado en el este de Rotterdam, cinco barriles forrados de hierro, con una capacidad de cinco galones cada uno, y uno aún más grande; seis tubos de estaño de siete centímetros de diámetro y tres metros de altura, de forma especial; una gran cantidad de una *sustancia metálica muy particular*, o tal vez *semimetálica*, que no mencionaré; y una docena de damajuanas llenas de un *ácido muy común*. El gas que se habría de formar a partir de estos materiales es un gas que nadie más que yo ha generado, o por lo menos que nadie más ha aplicado a un propósito similar. Solo puedo aventurarme a decir que es un *componente del ázoe,* que desde hace tanto se ha considerado irreducible y que es aproximadamente 37.4 veces *menos denso que el hidrógeno*. Es insípido, pero no inodoro; en estado puro, produce una llama verduzca y es instantáneamente fatal para la vida animal. No tendría problema con revelar este secreto si no fuera porque le pertenece (como insinué anteriormente) a un ciudadano de Nantes, en Francia, quien me lo compartió condicionalmente. El mismo individuo me hizo llegar, sin estar enterado de mis intenciones, un método de construcción de globos a partir de la membrana de cierto animal, a través de la cual era imposible que escapara el gas. Sin embargo, su precio me pareció demasiado elevado, y supuse que la muselina batista, cubierta de una capa de caucho, sería igual de efectiva. Menciono estas circunstancias porque pienso que es probable que, en adelante, el individuo en cuestión intente un ascenso en globo con el novedoso gas y material del que he hablado, y no quisiera robarle el honor de una muy singular invención.

En secreto, cavé un hoyo en el lugar en donde cada barril iba a estar mientras inflaba el globo; de esta manera, los hoyos formaron un círculo de siete metros de diámetro. En el centro de este círculo, asimismo cavé un hoyo de mayor profundidad; ese lugar estaba destinado para el barril más grande. En cada uno de los hoyos más pequeños, dejé un frasco lleno de veintidós kilogramos de pólvora de cañón; y en el más grande, un contenedor de sesenta y ocho kilogramos. Conecté debidamente los frascos y el contenedor con contactos que dejé escondidos. Después de dejar en uno de los frascos el extremo de una mecha de un metro, cubrí el agujero y coloqué el barril sobre él, de manera que sobresaliera una mecha de aproximadamente dos centímetros, apenas visible bajo el barril. Entonces rellené el agujero restante y coloqué los barriles sobre él en su lugar destinado.

Además de los artículos antes mencionados, llevé al depósito, y ahí escondí, una de las mejoras del señor Grimm para el aparato de condensación del aire atmosférico. Sin embargo, me di cuenta de que esta máquina requería demasiada atención antes de poder ser usada para los propósitos para los que la quería utilizar. Sin embargo, después de un trabajo arduo y una perseverancia incesante, tuve éxito en todas mis preparaciones. Pronto, mi globo estuvo terminado. Contendría más de doce mil metros cúbicos de gas; calculé que me elevaría fácilmente, gracias a todas mis mejoras, y, si lo manejaba bien, también podría llevar poco más de setenta y nueve kilogramos de lastre. Se le dieron tres capas de barniz y me di cuenta de que la muselina batista servía casi tan bien como la propia seda, pues tenía la misma fuerza y era mucho menos costosa.

Una vez que estuvo listo, hice que mi esposa jurara guardar el secreto respecto a todas mis acciones desde el día de mi primera visita al puesto del vendedor de libros, y, por mi parte, le prometí regresar tan pronto como las circunstancias me lo permitieran; le di el poco dinero que me quedaba y me despedí de ella. No me preocupaba cómo le iría, pues era lo que cualquiera llamaría una mujer excelente, y podía manejar todos los problemas del mundo en mi ausencia. A decir verdad, creo que siempre me consideró un impedimento —un simple peso que cargar; un bueno para nada que solo se la pasaba soñando despierto— y más bien se alegró de deshacerse de mí. Era una noche oscura cuando me despedí de ella; me llevé conmigo, como *aides-de-camp*, a los acreedores que me habían dado tantos problemas, y juntos cargamos el globo, así como la barquilla y los aditamentos, por un camino rebuscado hacia el sitio en donde estaban los demás artículos. Encontramos todo intacto y de inmediato me puse a trabajar.

Era el primer día de abril. La noche era, como dije, oscura; no había ni una estrella en el cielo; una llovizna, que caía de cuando en cuando, nos incomodaba. Pero mi mayor ansiedad tenía que ver con el globo, el cual, a pesar del barniz con el que estaba cubierto, empezó a volverse pesado con el agua; la pólvora también corría peligro. Así que mantuve a mis tres acreedores trabajando con gran diligencia, golpeando el hielo alrededor del barril central y removiendo el ácido de los demás. Sin embargo, no dejaron de importunarme con preguntas sobre lo que tenía planeado hacer con todos esos artefactos, y expresaron mucha insatisfacción respecto al terrible labor al que los estaba sometiendo. No alcanzaban a comprender (o eso dijeron) las ventajas que podían resultar de quedarse bajo la lluvia solamente para ser parte de tan horribles conjuros. Comencé a inquietarme y trabajé con toda mi energía, pues empezaba a percibir que los idiotas creían que había firmado un pacto con el diablo y que, en suma, lo que estaba haciendo ahora no tenía nada de bueno. Por lo tanto, tenía un gran miedo de que me dejaran por completo. Sin embargo, los apacigüé con promesas de pagar todas mis deudas en cuanto el presente negocio llegara a su conclusión. A estas palabras ellos le dieron su propia interpretación, y decidieron, sin duda, que mientras llegara a mi posesión una gran cantidad de dinero y les pagara todo lo que les debía, además de algo como pago por sus servicios, lo que le pasara a mi alma o a mi cuerpo era de poco interés para ellos.

El globo se infló lo suficiente después de aproximadamente cuatro horas y media. Le incorporé la barquilla y agregué todos los instrumentos: un telescopio, un barómetro con algunas importantes modificaciones, un termómetro, un electrómetro, una brújula, una aguja magnética, un reloj segundero, una campana, un megáfono, etc., etc., además de un globo de cristal cerrado al vacío cuidadosamente con un tapón, un aparato condensador, cal, una barra de cera para sellos, una copiosa cantidad de agua y muchas provisiones como el *pemmican,* alimento concentrado de alto valor alimenticio y bajo volumen. También metí en la barquilla un par de palomas y una gata.

Se acercaba el amanecer y consideré que ya era mi momento de partir. Dejé caer un cigarro encendido en el suelo, como por accidente, y, al agacharme a recogerlo, aproveché la oportunidad para encender en secreto un pedazo de la mecha, cuyo final, como dije antes, sobresalía ligeramente del borde inferior de uno de los barriles pequeños. Esta maniobra pasó totalmente desapercibida por los tres acreedores, y, después de saltar dentro de la barquilla, inmediatamente corté la cuerda que ataba el globo al suelo. Me dio gusto ver que tanto yo como los setenta y nueve kilogramos de lastre nos disparamos hacia arriba con una rapidez inconcebible; incluso pude haber cargado mucho más. Al dejar el suelo, el barómetro marcaba setenta y seis centímetros y el termómetro, diecinueve grados centígrados.

Empero, apenas había alcanzado cuarenta y cinco metros de altura cuando, rugiendo y retumbando de una manera terrible y tumultuosa, me alcanzó un huracán de fuego, grava, madera ardiente, metal incandescente y miembros destrozados tan denso que hasta mi propio corazón se detuvo y me caí al suelo de la barquilla, temblando de miedo. Con esto me di cuenta de que había sobrestimado la cantidad de pólvora y que todavía quedaban por sufrir las consecuencias más graves de la explosión. En efecto, menos de un segundo después, sentí cómo la sangre se reunía en mis sienes y de inmediato una concusión que nunca olvidaré destrozó la noche y me hizo sentir que incluso el propio firmamento había quedado hecho pedazos. Cuando tuve tiempo para reflexionar, más tarde, sobre la extrema violencia de la explosión, me di cuenta de que, según mi opinión, mi posición sobre ella me había dejado directamente en el camino de la mayor parte de su poder. Pero, en su momento, solo pude pensar en preservar mi vida. En un principio, el globo colapsó, pero luego se expandió furiosamente, dio vueltas y vueltas con una velocidad nauseabunda, y, finalmente, tambaleándose y balanceándose como un ebrio, me aventó por la borda de la barquilla y me dejó colgado bocabajo, a una altura aterradora, mirando hacia el cielo, por medio de un pedazo de delgada cuerda que se había quedado por accidente cerca del fondo de la barquilla y en la que, al caer, mi pie izquierdo se había enredado casi por intervención divina. Es imposible —totalmente imposible— replicar adecuadamente el terror que sentí en ese momento. Traté de respirar, jadeando, en convulsiones; un temblor parecido a un ataque de fiebre agitó cada nervio y músculo de mi cuerpo; sentí cómo mis ojos se salían de sus cuencas; una horrible náusea me envolvió... hasta que perdí toda conciencia y me desmayé.

No hay manera de saber cuánto tiempo estuve en ese estado. Sin embargo, debió haber sido un tiempo considerable, pues cuando recobré parcialmente la conciencia, el día ya amanecía, el globo volaba a una altura prodigiosa sobre un océano desierto y no quedaba ni una mancha de tierra a la vista en ninguno de los límites del horizonte. Después de recuperarme, no me sentía tan adolorido como uno hubiera esperado. Hubo mucho de locura en la calmada inspección de mi situación que empecé a realizar. Pasé mi vista por mis manos, una después de la otra, y me pregunté qué pudo haber pasado para causar tal dilatación en las venas y horrible negritud de las uñas. Después examiné con cuidado mi cabeza, agitándola repetidamente y prestándole gran atención, hasta que quedé convencido de que no había quedado, como había temido, más grande que mi globo. Tanteé los bolsillos de mis calzoncillos esperando encontrar un par de tabletas y un palillero, pero, al notar que no estaban, intenté recordar cuándo desaparecieron; cuando fallé, me sentí inexplicablemente preocupado. Hasta entonces me di cuenta de que sentía una gran molestia en el tobillo izquierdo y una vaga conciencia de mi situación empezó a formarse en mi mente. Empero —¡es extraño decirlo!—, no me sentía ni sorprendido ni aterrado. Si sentí algo en absoluto, fue un tipo de traviesa satisfacción por la astucia que estaba a punto de desplegar para salvarme de aquel dilema; además, nunca, ni por un momento, mi seguridad fue puesta en entredicho. Me quedé envuelto en una profunda meditación por unos momentos. Recuerdo distintivamente haber presionado mis labios con frecuencia, haber apoyado un dedo en la nariz y haber realizado otras gesticulaciones y gestos comunes para los hombres que, sentados tranquilamente en sus sillones, meditan sobre asuntos de gran dificultad o importancia. Una vez que consideré que había recolectado mis ideas con suficiencia, coloqué las manos detrás de la espalda, con gran cuidado y deliberación, y desabroché la gran hebilla de metal del cinturón en mis pantalones. Esta hebilla tenía tres dientes que, al estar ya algo oxidados, giraban con dificultad sobre el eje. Sin embargo, después de algo de lucha, los moví de manera que formaran ángulos rectos contra la estructura de la hebilla y me alegró ver que no se movieron de esa posición. Con dicho instrumento agarrado entre mis dientes, procedí a desatar el nudo de mi corbata. Tuve que descansar varias veces antes de poder completar la maniobra, pero después de un momento lo logré. Até la hebilla a un extremo de la corbata, mientras el otro extremo lo até, para mayor seguridad, alrededor de mi cintura. Después erguí mi cuerpo por medio de una prodigiosa muestra de fuerza muscular y logré lanzar la hebilla, en mi primer intento, hacia la barquilla, de manera que se agarró, como esperaba, al borde redondeado del mimbre.

Mi cuerpo quedó inclinado hacia un lado de la barquilla, en un ángulo de unos cuarenta y cinco grados, pero no debe entenderse que por esto me encontrara solo cuarenta y cinco grados debajo de la perpendicular. Lejos de ello, todavía estaba casi a nivel del horizonte, ya que el cambio que había propiciado había hecho que la barquilla también se desplazara hacia afuera, momento en el que me encontré en el mayor peligro. Sin embargo, recordemos que cuando caí de la barquilla, en primera instancia, si hubiera sido con el rostro volteado hacia el globo, en lugar de hacia fuera como fue, o si, en segunda instancia, la cuerda de la que colgaba hubiera caído del borde superior, en lugar del fondo de la barquilla, en cualquiera de esos casos, estoy seguro, no hubiera sido capaz de lograr ni siquiera lo que había acabado de hacer, y todo lo que he escrito hasta ahora se hubiera perdido completamente para la posteridad. De manera que tenía muchas razones para estar agradecido, aunque, en realidad, todavía estaba demasiado aturdido como para pensar en absoluto, así que me quedé colgando, durante un cuarto de hora, de esa manera extraordinaria, sin realizar el menor esfuerzo, en un tranquilo estado de estúpido goce. Pero este estado no tardó en desaparecer, y entonces le sucedió el horror, la preocupación y un sentimiento de total impotencia y miseria. En realidad, los ríos de sangre que ya llevaban tanto tiempo acumulándose en los vasos de mi cabeza y mi garganta, y que habían llevado a mi alma hasta el delirio, ya empezaban a retirarse a sus canales correspondientes, y la claridad del peligro que se le agregó a mi percepción solamente sirvió para robarme la entereza y la valentía necesaria para enfrentarlo. Pero esta debilidad, afortunadamente para mí, no duró demasiado. En buen tiempo llegó el espíritu de la desesperación a mi rescate y, con frenéticos gritos e intentos, empujé mi cuerpo hacia arriba, hasta que, agarrando el tan anhelado borde con todas mis fuerzas, me retorcí hasta que conseguí caer, de cabeza y temblando, dentro de la barquilla.

Me tomó algún tiempo recuperarme lo suficiente como para atender a los cuidados ordinarios del globo. Pero una vez examinado con atención, me dio alivio encontrarlo en perfecto estado. Todos mis aditamentos estaban a salvo y, afortunadamente, no había perdido ni lastre ni provisiones. Los había asegurado tan bien que un accidente como ese ni siquiera era posible. Al ver mi reloj, vi que eran las seis en punto. Todavía estaba ascendiendo con velocidad, y el barómetro marcaba una altitud de seis kilómetros. Inmediatamente debajo de mí, en el océano, había un pequeño objeto negro de forma oblonga, como del tamaño de una pieza de dominó, y en todo aspecto muy parecido a ella. Utilicé mi telescopio para mirarlo y descubrí que era un barco británico de noventa y cuatro cañones, ceñido y cabeceando pesadamente en el mar con su proa hacia el O. S. O. Además de este barco, no vi nada más que el océano, el cielo y el sol, que había salido hacía tiempo.

Ya es tiempo de explicar a Sus Excelencias el objetivo de mi viaje. Como Sus Excelencias recordarán, fueron las circunstancias desesperadas de Rotterdam las que me arrastraron a la resolución de cometer suicidio. Empero, no se trató de un disgusto hacia la vida misma, sino de una insoportable angustia derivada de la miseria de mi situación. En este estado mental, con deseos de vivir, pero cansado de la vida, ese tratado del puesto del vendedor de libros, además del oportuno descubrimiento de mi primo de Nantes, abrió una ventana de mi imaginación. Así que finalmente me decidí. Estaba determinado a irme, pero vivir —a dejar el mundo, pero seguir existiendo—; en suma, para dejar de lado los enigmas, decidí, pasara lo que pasara, abrirme paso, si podía, *hasta la Luna*. Ahora bien, para que no se me suponga más loco de lo que realmente soy, detallaré, tan bien como pueda, las consideraciones que me llevaron a creer que un logro de esta naturaleza, aunque sin duda difícil y lleno de peligro, no estaba, para un espíritu atrevido, fuera de los confines de lo posible.

La verdadera distancia entre la Luna y la Tierra fue lo primero que consideré. El intervalo medio o promedio entre los *centros* de los dos planetas es 59,9643 veces el *radio* ecuatorial de la Tierra, o solo unos 381 414 kilómetros. Me refiero al intervalo medio o promedio, pero debe tenerse en cuenta que la órbita de la Luna tiene forma de elipse y tiene una excentricidad que no baja a menos de 0,05484 veces el semieje mayor de la propia elipse, además de que el centro de la Tierra está situado en su foco. Si pudiera, de alguna manera, lograr encontrarme con la Luna en su perigeo, la distancia antes mencionada se vería considerablemente disminuida. Pero para no hablar, por el momento, de esta posibilidad, era seguro que, en todo caso, de esos 381 414 kilómetros tendría que deducir el *radio* de la Tierra, digamos 6 437, y el radio de la Luna, digamos 1 738, en total 8 175, de manera que quedara un intervalo real a recorrer, en circunstancias medias, de 373 239 kilómetros. Y esto, pensé, no era una distancia demasiado extraordinaria. Se han realizado repetidamente viajes por tierra a una velocidad de noventa y seis kilómetros por hora y, de hecho, se podía anticipar una velocidad mucho mayor. Pero incluso a esta velocidad, me tomaría 161 días llegar a la superficie de la Luna. Sin embargo, hubo muchos detalles que me indujeron a creer que mi velocidad promedio de viaje posiblemente podría exceder por mucho la de noventa y seis kilómetros por hora y, como estas consideraciones no dejaron de causar una profunda impresión en mi mente, las mencionaré con más detalle más adelante.

El siguiente punto lo consideré con mucha más atención. Según las indicaciones proporcionadas por el barómetro, podemos ver que, en las ascensiones desde la superficie de la Tierra, a una altura de 304 metros, dejamos debajo de nosotros aproximadamente una trigésima parte de la masa total de aire atmosférico; que a 3 230, ascendemos a través de casi un tercio; y que a 5 486, que no está lejos de la elevación del Cotopaxi, superamos la mitad del cuerpo material, o en todo caso, la mitad del cuerpo *ponderable* de aire que recae sobre nuestro globo. Se calcula asimismo que a una altitud más allá de la centésima parte del diámetro de la Tierra —es decir, más allá de los 128 kilómetros— el enrarecimiento del aire sería tan excesivo que la vida animal no podría de ninguna manera sostenerse y, además, que los medios más delicados que poseemos para determinar la presencia de la atmósfera serían inadecuados para asegurarnos de su existencia. Pero no olvidé que estos últimos cálculos están fundados enteramente en nuestro conocimiento experimental de las propiedades del aire y de las leyes mecánicas que regulan su dilatación y compresión, en lo que podría llamarse, comparativamente hablando, la *vecindad inmediata* de la Tierra misma; y, al mismo tiempo, se da por sentado que la vida animal es y debe ser esencialmente *incapaz de modificarse* a cualquier distancia inalcanzable de la superficie. Ahora bien, todo este razonamiento y estos *datos* no pueden ser sino analógicos. La mayor altura alcanzada en la historia fue de 7 620 metros, obtenida en la expedición aeronáutica de los caballeros franceses Gay-Lussac y Biot. Esta es una altura moderada, incluso en comparación con los 128 kilómetros en cuestión, y no podía evitar preguntarme si el tema admitía espacio para la duda y latitud para la especulación.

Pero, en realidad, al realizar una ascensión a una altitud determinada, la cantidad ponderable de aire superada en cualquier ascensión *más lejana* no es de ninguna manera proporcional a la altura adicional ascendida (como puede verse claramente por lo que se ha dicho antes), sino en una *proporción* que disminuye constantemente. Es evidente, pues, que, por muy alto que ascendamos, no podemos, literalmente hablando, llegar a un límite más allá del cual *no* haya atmósfera. *Debe existir*, argumenté, aunque sea en un estado de enrarecimiento infinito.

Por otra parte, sabía que no faltaban argumentos para demostrar la existencia de un límite real y definido de la atmósfera, más allá del cual no hay aire en absoluto. Pero una circunstancia que ha sido pasada por alto por aquellos que defienden tal límite, me pareció, aunque no una refutación positiva de su credo, un punto que merece una investigación muy seria. Comparando los intervalos entre las llegadas sucesivas del cometa de Encke a su perihelio, después de haber atribuido, de la manera más exacta, todas las perturbaciones debidas a las atracciones de los planetas, parece que los períodos van disminuyendo poco a poco; es decir, el eje mayor de la elipse del cometa se va acortando, en un decrecimiento lento pero perfectamente regular. Ahora bien, esto es precisamente lo que debería suceder si suponemos que el cometa experimenta una resistencia debido a un *medio etéreo* extremadamente enrarecido que impregna las regiones de su órbita, pues es evidente que tal medio debe, al retardar la velocidad del cometa, aumentar su fuerza centrípeta a la vez que debilitar su fuerza centrífuga. En otras palabras, la atracción del sol adquiriría cada vez mayor fuerza y el cometa se vería más próximo a cada revolución. No hay otra manera de explicar la variación en cuestión. Pero, además, se observa que el diámetro real de la nebulosidad del mismo cometa se contrae rápidamente a medida que se aproxima al sol y se dilata con igual rapidez en su partida hacia su afelio. ¿No tenía razón al suponer, junto con el señor Valz, que esta aparente condensación de volumen tiene su origen en la compresión del mismo medio etéreo del que he hablado antes, medio cuya densidad se modifica en proporción a su proximidad al sol? El fenómeno de forma lenticular, también llamado luz zodiacal, era un asunto digno de atención. Este resplandor, tan evidente en los trópicos e inconfundible con el brillo meteórico, se extiende desde el horizonte oblicuamente hacia arriba y sigue generalmente la dirección del ecuador solar. Me pareció evidente que esta era la naturaleza de una atmósfera enrarecida que se extiende desde el sol hacia afuera, más allá de la órbita de Venus al menos, y creía que indefinidamente más lejos.[5] De hecho, no podía suponer que este medio estuviera confinado a la trayectoria de la elipse del cometa o a la vecindad inmediata del sol. Era fácil, por el contrario, imaginarla impregnando regiones enteras de nuestro sistema planetario, condensándose en lo que llamamos atmósfera en los propios planetas, y tal vez en algunos de ellos siendo modificada por consideraciones puramente geológicas; es decir, la atmósfera se vería modificada o cambiarían sus proporciones (o naturaleza absoluta) por materias que se hicieron volátiles desde los respectivos orbes.

Habiendo adoptado este punto de vista sobre el tema, no tuve más dudas. Tomando en cuenta que en mi trayecto me encontraría con una atmósfera *esencialmente* igual a la de la superficie de la Tierra, imaginé que, por medio del ingenioso aparato del señor Grimm, podría condensarla fácilmente y en cantidad suficiente para los fines de la respiración. Esto eliminaría el principal obstáculo de un viaje lunar. Ciertamente había gastado mucho dinero y trabajo para adaptar el aparato al objetivo previsto y esperaba con confianza su aplicación exitosa, si es que lograba completar el viaje en un período de tiempo razonable. Esto me lleva de nuevo a la *velocidad* a la que sería posible viajar.

Es cierto que se sabe que los globos, en la primera etapa de su ascenso desde el suelo, se elevan con una velocidad comparativamente moderada, pero el poder de elevación reside enteramente en la gravedad superior del aire atmosférico comparado con el gas en el globo. Y, a primera vista, no parece probable en absoluto que, a medida que el globo adquiere altitud y, en consecuencia, llega sucesivamente a estratos atmosféricos cuyas densidades disminuyen rápidamente, según pienso, en su progreso ascendente, la velocidad original se acelere. Por otra parte, yo no sabía de ninguna ascensión registrada en la que se hubiera demostrado una *disminución* aparente en la velocidad absoluta de ascenso, aunque tal debería haber sido el caso, si no por otra cosa, por el escape de gas a través de globos mal construidos y barnizados sin mejor material que el barniz ordinario. Parecía, pues, que el efecto de tal escape solo era suficiente para con-

---

5   La luz zodiacal es probablemente lo que los antiguos llamaban *Trabes, Emicant Trabes quos docos vocant.* Plinio, lib. 2, pág. 26.

trarrestar el efecto de la aceleración alcanzada al disminuir la distancia del globo respecto del centro gravitacional. Entonces consideré que, siempre que en mi paso encontrara el medio que había imaginado, y siempre que resultara ser esencialmente lo que denominamos aire atmosférico, podría haber comparativamente poca diferencia en qué estado extremo de rarefacción lo descubriera —es decir, con respecto a mi poder de ascenso—, ya que el gas en el globo no solo estaría sujeto a una rarefacción similar (en proporción a la ocurrencia de la cual podría permitir un escape de lo que fuera necesario para evitar la explosión), sino que, siendo lo que era, en todo caso, continuaría específicamente más ligero que cualquier compuesto de mero nitrógeno y oxígeno. Así pues, existía una posibilidad —de hecho, existía una fuerte probabilidad— de que, *en ningún momento de mi ascenso alcanzara un punto en que los pesos unidos de mi inmenso globo, el gas inconcebiblemente ligero que lo llenaba, la barquilla y su contenido, igualaran el peso de la masa de la atmósfera circundante desplazada*, y esto se comprenderá fácilmente como la única condición bajo la cual se detendría mi vuelo ascendente. Pero, si se llegase a tal punto, podría prescindir del lastre y demás pesos que juntos representaban poco más de 136 kilogramos. Mientras tanto, la fuerza de gravitación disminuiría constantemente, en proporción a los cuadrados de las distancias, y así, con una velocidad que se aceleraría prodigiosamente, llegaría finalmente a aquellas regiones distantes donde la fuerza de atracción de la Tierra sería superada por la de la Luna.

Empero, había otra dificultad que me causó cierta inquietud. Se ha observado que, en ascensos en globo a cualquier altura considerable, además del dolor que acompaña a la respiración, se experimenta un gran malestar en la cabeza y el cuerpo, a menudo acompañado de sangrado por la nariz y otros síntomas alarmantes que se vuelven cada vez más incómodos en proporción a la altitud alcanzada.[6] Esto era algo que me preocupaba. ¿No era probable que estos síntomas aumentaran hasta que solo

6   Posteriormente a la publicación de Hans Pfaall, me entero de que el señor Green, célebre aeronauta del Nassau, y otros aeronautas posteriores, contradicen las afirmaciones de Humboldt respecto a esto y hablan de la progresiva disminución de los trastornos, lo cual concuerda con la teoría que presentamos.

la muerte misma los detuviera? Finalmente pensé que no. Su origen debía buscarse en la eliminación progresiva de la presión atmosférica *habitual* sobre la superficie del cuerpo y la consiguiente distensión de los vasos sanguíneos superficiales, no en una desorganización del sistema animal, como en el caso de la dificultad para respirar, cuando la densidad atmosférica es *químicamente insuficiente* para la debida renovación de la sangre en un ventrículo del corazón. A menos que fuera por falta de esta renovación, no encontraba ninguna razón, por lo tanto, por la cual la vida no pudiera mantenerse incluso en el vacío, pues la expansión y compresión del pecho, comúnmente llamada respiración, es una acción puramente muscular y la *causa*, no el *efecto*, de la respiración. En pocas palabras, pensé que, a medida que el cuerpo se acostumbrara a la falta de presión atmosférica, estas sensaciones de dolor disminuirían gradualmente y, para soportarlas mientras continuaran, confiaba en la férrea resistencia de mi constitución.

Así pues, esperando que a Sus Excelencias les plazca, he detallado algunas, aunque no todas, de las consideraciones que me llevaron a formular el proyecto de un viaje lunar. Ahora procederé a exponerles el resultado de un intento aparentemente tan audaz en su concepción y, en todo caso, tan absolutamente inigualable en los anales de la humanidad.

Habiendo alcanzado la altitud antes mencionada —es decir, seis kilómetros—, arrojé desde el carro un puñado de plumas y descubrí que aún ascendía con suficiente rapidez; por lo tanto, no había necesidad de descargar ningún lastre. Esto me alegró, pues quería conservar conmigo todo el peso que pudiera soportar, por la razón obvia de que no podía estar *seguro* ni de la gravitación ni de la densidad atmosférica de la Luna. Por el momento no sufría ninguna molestia física, respiraba con gran libertad y no sentía ningún dolor de cabeza. La gata estaba recostada muy recatadamente sobre mi abrigo, que me había quitado, y miraba a las palomas con aire de *nonchalance*. Estas últimas, atadas por las patas para impedir que escaparan, se dedicaban a recoger algunos granos de arroz que había esparcido para ellas en el fondo de la barquilla.

A las seis y veinte, el barómetro marcaba una elevación de 8 046 metros. El panorama se veía ilimitado. De hecho, se puede calcular muy fácilmente, mediante geometría esférica, cuán grande era la extensión del área de la Tierra que contemplé. La superficie convexa de cualquier segmento de una esfera es, con respecto a toda la superficie de la esfera misma, igual al seno del segmento respecto al diámetro de la esfera. En mi caso, el seno versado, es decir, el *espesor* del segmento que estaba debajo de mí era aproximadamente igual a mi elevación, o a la elevación del punto ocho sobre la superficie. «Entre 8 000 y 12 000 kilómetros» expresaría la proporción del área de la Tierra que podía ver. En otras palabras, contemplé una parte en 1 600 de toda la superficie del globo. El mar parecía sereno, como un espejo, aunque por medio del telescopio pude percibir que estaba en un estado de violenta agitación. El barco ya no era visible porque aparentemente se había alejado hacia el este. Entonces comencé a sentir, a intervalos, fuertes dolores de cabeza, especialmente alrededor de los oídos, aunque seguía respirando con bastante libertad. La gata y las palomas no parecían sufrir ningún inconveniente.

Veinte minutos antes de las siete, el globo se introdujo en una larga serie de densas nubes, lo que me causó grandes problemas; mi aparato condensador se dañó y yo quedé mojado hasta los huesos. Fue este, sin duda, un encuentro singular, pues no había creído posible que una nube de esta naturaleza pudiera mantenerse a tan gran altura. Pensé, sin embargo, que sería mejor tirar trozos de lastre de dos kilogramos, con lo que aún quedaba un peso de setenta y cinco kilogramos. Después de hacerlo, pronto superé la dificultad y percibí inmediatamente que había obtenido un gran aumento en mi velocidad de ascenso. A los pocos segundos de haberme alejado de la nube, un relámpago intenso se extendió de un extremo a otro dentro de ella, haciéndola encender, en toda su vasta extensión, como un hombre de carbón encendido. Hay que recordar que esto ocurrió a plena luz del día. Ninguna fantasía podría imaginar qué tan sublime pudo haber sido un fenómeno similar si este hubiera ocurrido en medio de la oscuridad de la noche. Quizás el mismo infierno hubiera encontrado entonces una imagen adecuada. Aunque no lo era, se me erizaron los cabellos mientras miraba a lo lejos, hacia los abismos extensos, y mi imaginación descendió y deambuló por los extraños salones abovedados, los golfos rojizos y el espanto del averno escarlata: por el fuego horrible e impenetrable. En realidad, había logrado escapar por muy poco. Si el globo hubiera permanecido un poco más de tiempo dentro de la nube —es decir, si el inconveniente de mojarse no me hubiera obligado a descargar el lastre—, mi destrucción podría haber sido, y probablemente habría sido, el resultado. Estos peligros, aunque poco considerados, son quizás los mayores que uno puede encontrar en los globos. Pero en ese momento ya había alcanzado una altura demasiado grande como para seguir sintiéndome incómodo por ese motivo.

El globo subía rápidamente y a las siete en punto el barómetro indicaba una altitud de no menos de quince kilómetros. Empecé a tener grandes dificultades para respirar. También me dolía muchísimo la cabeza y, habiendo sentido durante algún tiempo una humedad en mis mejillas, al final descubrí que era sangre que manaba con mucha rapidez de los tímpanos de mis oídos. También mis ojos me causaban gran inquietud. Al pasar la mano sobre ellos, parecían sobresalir de sus cuencas en un grado más bien alarmante, y todos los objetos en la barquilla, e incluso el globo mismo, se veían distorsionados. Estos síntomas fueron peores de lo que esperaba y me causaron cierta preocupación. En ese momento, muy imprudentemente y sin consideración alguna, arrojé del coche tres trozos de lastre de dos kilogramos. Así aceleró la velocidad de ascenso y me llevó demasiado rápido, y sin suficiente gradación, a un estrato altamente enrarecido de la atmósfera, y el resultado fue casi fatal para mi expedición y para mí. De repente me sobrevino un espasmo que duró más de cinco minutos, y aun cuando este cesó en cierta medida, pude recuperar el aliento solo a largos intervalos y en medio de jadeos, sangrando todo el tiempo copiosamente por la nariz y las orejas, e incluso levemente por los ojos. Las palomas parecían extremadamente angustiadas y luchaban por escapar, mientras que la gata maullaba lastimeramente y, con la lengua de fuera, se tambaleaba de un lado a otro en la barquilla como si estuviera bajo la influencia de un veneno. Descubrí demasiado tarde la gran imprudencia de que había sido culpable al descargar el lastre y mi agitación era excesiva. No esperaba nada menos que la muerte en los minutos siguientes. El sufrimiento físico que padecí contribuyó también a dejarme casi incapaz de hacer cualquier esfuerzo para preservar mi vida. En verdad, me quedaba ya poca capacidad de reflexión y la violencia del dolor en mi cabeza parecía aumentar progresivamente. Por lo tanto, imaginé que mis sentidos pronto cederían por completo, y cuando ya tenía agarrada una de las cuerdas de la válvula con la intención de intentar descender, recordé la broma que les había gastado a los tres acreedores, así que las posibles consecuencias que encontraría a mi regreso lograron disuadirme por el momento. Me acosté en el fondo de la barquilla e intenté recuperar mis facultades. En esto tuve tanto éxito que me decidí a hacer el experimento de desangrarme. Pero como no tenía lanceta, me vi obligado a realizar la operación lo mejor que pude y finalmente logré abrir una vena en mi brazo izquierdo con la hoja de mi navaja. Apenas había comenzado a fluir la sangre cuando experimenté un alivio considerable y, cuando hube perdido aproximadamente la mitad de un recipiente mediano, la mayoría de los peores síntomas se habían ido por completo. Sin embargo, no pensé que fuera conveniente intentar ponerme de pie de inmediato, así que, después de atarme el brazo lo mejor que pude, me quedé quieto durante aproximadamente un cuarto de hora. Al final de este tiempo me levanté y me encontré más libre de cualquier tipo de *dolor* de lo que me había sentido durante la última hora y cuarto de mi ascensión. Empero, la dificultad para respirar disminuyó muy levemente y descubrí que pronto sería absolutamente necesario utilizar mi condensador. Mientras tanto, mirando hacia la gata, que estaba otra vez cómodamente acostada sobre mi abrigo, descubrí, para mi infinita sorpresa, que había aprovechado mi indisposición para dar a luz a una camada de tres pequeños gatitos. Este fue un aumento en el número de pasajeros que, por mi parte, fue totalmente inesperado, pero que me alegró que ocurriera. Me brindaría la oportunidad de poner a prueba, en cierto modo, la verdad de una conjetura que, más que cualquier otra cosa, me había influenciado a intentar esta ascensión. Había imaginado que la resistencia *habitual* a la presión atmosférica en la superficie de la Tierra era la causa, o casi, del dolor que acompaña a la existencia animal a distancia sobre la superficie. Si se descubriera que los gatitos sufrían malestar *en el mismo grado que su madre*, debía considerar que mi teoría era errónea, pero el hecho de que no sucediera así lo consideraría una fuerte confirmación de mi idea.

A las ocho en punto ya había alcanzado una altura de veintisiete kilómetros sobre la superficie de la Tierra. Así, me pareció evidente que mi velocidad de ascenso no solo iba en aumento, sino que la progresión habría sido ligeramente evidente incluso si no hubiera descargado el lastre, como hice. Los dolores de cabeza y de oído volvieron a aparecer a intervalos, con violencia, y seguí sangrando ocasionalmente por la nariz, pero, en general, sufrí mucho menos de lo que se hubiera podido esperar. Sin embargo, respiraba con cada vez más dificultad, y cada inhalación iba acompañada de una molesta acción espasmódica del pecho. Desempaqué el aparato condensador y lo preparé para su uso inmediato.

El panorama terrestre, en este período de mi ascensión, era realmente hermoso. Hacia el oeste, hacia el norte y hacia el sur, hasta donde alcanzaba la vista, se extendía un paisaje ilimitado de océano aparentemente tranquilo que a cada momento adquiría un tono de azul cada vez más profundo. A una gran distancia hacia el este, aunque perfectamente discernibles, se extendían las islas de Gran Bretaña, todas las costas atlánticas de Francia y España y una pequeña porción de la parte norte del continente africano. De los edificios individuales no se pudo descubrir ningún rastro y las ciudades más orgullosas de la humanidad ya habían desaparecido por completo de la faz de la Tierra.

Lo que más me sorprendió de cómo se veían las cosas allá abajo fue la aparente concavidad de la superficie del globo. Había esperado ver, sin pensarlo mucho, que su verdadera convexidad se hiciera evidente a medida que ascendía, pero una pequeña reflexión bastó para explicar la discrepancia. Una línea, trazada perpendicularmente desde mi posición hacia la Tierra, habría formado la perpendicular de un triángulo rectángulo, cuya base se habría extendido desde el ángulo recto hasta el horizonte, y la hipotenusa desde el horizonte hasta mi posición. Pero mi altura era poca o nada en comparación con mi perspectiva. En otras palabras, la base y la hipotenusa del supuesto triángulo habrían sido, en mi caso, tan largas, comparadas con la perpendicular, que las dos primeras podrían haber sido consideradas como casi paralelas. De este modo, el horizonte del aeronauta parece estar siempre al *mismo nivel* que su vehículo. Pero como el punto inmediatamente debajo del aeronauta parece, y está, a una gran distancia debajo de él, parece, por supuesto, también a una gran inclinación debajo del horizonte. De ahí la impresión de concavidad; y esta impresión debe permanecer hasta que la elevación guarde una proporción tan grande con la perspectiva que el paralelismo aparente entre la base y la hipotenusa desaparezca.

En esos momentos las palomas parecían estar sufriendo mucho, así que decidí dejarlas en libertad. Primero desaté una de ellas, una hermosa paloma moteada de gris, y la coloqué sobre el borde del cesto de mimbre. Se veía extremadamente inquieta, miraba ansiosamente a su alrededor, agitaba sus alas y emitía un fuerte ruido de arrullo, pero no había manera de convencerla de que se bajara de la barquilla. Finalmente la levanté y la arrojé poco más de seis metros fuera del globo. Sin embargo, no intentó descender como yo esperaba, sino que luchó con gran vehemencia para regresar, profiriendo al mismo tiempo gritos muy agudos y penetrantes. Al final logró recuperar su antigua posición en el borde, pero, apenas lo hizo, su cabeza cayó sobre su pecho y cayó muerta dentro de la barquilla. La otra no resultó tan desafortunada. Para evitar que siguiera el ejemplo de su compañera y lograra regresar, la arrojé hacia abajo con todas mis fuerzas y me alegré de verla continuar su descenso con gran velocidad, haciendo uso de sus alas con facilidad y de una manera perfectamente natural. En muy poco tiempo desapareció de mi vista y no tengo ninguna duda de que llegó sana y salva a casa. La gata, que parecía recuperada en gran medida de su malestar, hizo del pájaro muerto una abundante comida y luego se fue a dormir con aparente satisfacción. Sus gatitos estaban bastante animados y hasta el momento no mostraban el más mínimo signo de inquietud.

A las ocho y cuarto, no pudiendo ya respirar sin el más intolerable dolor, procedí, inmediatamente, a ajustar alrededor de la barquilla el aparato perteneciente al condensador. Este aparato requerirá algunas pequeñas explicaciones, y Sus Excelencias tendrán a bien tener presente que mi objetivo, en primer lugar, era rodear por completo a mi barquilla y a mí mismo con una barricada contra la atmósfera altamente enrarecida en la que me encontraba, con la intención de introducir dentro de esta barricada, por medio de mi condensador, una cantidad de esta misma atmósfera suficientemente condensada para los fines de la respiración. Con esta meta en mente, había preparado una bolsa elástica muy fuerte, perfectamente hermética pero flexible. Dentro de esta bolsa, que era suficientemente grande, entraba de alguna manera toda la barquilla. Es decir, se iba tirando (la bolsa) por todo el fondo de la barquilla, por los costados, por el exterior de las cuerdas, y así sucesivamente, hasta el borde superior o aro donde se fijaba la red. Una vez colocada la bolsa de manera que formara un recinto completo por todos lados y por la parte inferior, era necesario cerrar su parte superior o boca, pasando su material sobre el aro de la red, es decir, entre la red y el aro. Pero si la red se separaba del aro para admitir este paso, ¿qué iba a sostener la barquilla mientras tanto? La red no estaba fijada de forma permanente al aro, sino que estaba sujetada mediante una serie de lazos o nudos corredizos. Por lo tanto, deshice solo algunos de estos bucles a la vez, mientras la barquilla quedaba suspendida por el resto. Habiendo insertado así una porción de la tela que formaba la parte superior de la bolsa, volví a sujetar los lazos —no al aro, porque eso habría sido imposible, ya que la tela ahora interfería— a una serie de botones grandes, fijados a la propia tela, aproximadamente noventa centímetros debajo de la boca de la bolsa; los espacios entre los botones correspondían a los espacios entre los lazos. Hecho esto, solté algunos bucles más del borde, introduje otra porción de tela y conecté los bucles sueltos con sus botones correspondientes. De esta manera fue posible introducir toda la parte superior de la bolsa entre la red y el aro. Es evidente que ahora el aro caería dentro de la barquilla, mientras que todo el peso de la propia barquilla, con todo su contenido, quedaría sostenido únicamente por la fuerza de los botones. Esto, a primera vista, parecería una dependencia inadecuada, pero no lo era de ninguna manera, porque los botones no solo eran muy fuertes en sí mismos, sino que estaban tan cerca unos de otros que cada uno de ellos soportaba una porción muy pequeña del peso total. De hecho, incluso si la barquilla y su contenido hubieran pesado tres veces más, no me habría sentido inseguro en absoluto. Luego levanté nuevamente el aro dentro de la cubierta de caucho y lo apoyé casi a su altura anterior por medio de tres postes de luz preparados para la ocasión. Hice esto, por supuesto, para mantener la bolsa distendida en la parte superior y preservar la parte inferior de la red en su posición adecuada. Ya solo faltaba cerrar la abertura del saco, lo cual logré fácilmente al juntar los pliegues del material y retorcerlos muy fuertemente por dentro con una especie de *tourniquet* fijo.

A los lados de la cubierta así ajustada alrededor de la barquilla, había insertado tres paneles circulares de vidrio grueso pero transparente, a través de los cuales podía ver sin dificultad a mi alrededor en todas las direcciones horizontales. En esa parte de la tela que formaba el fondo había también una cuarta ventana, del mismo tipo, que correspondía con una pequeña abertura en el piso de la propia barquilla. Esto me permitió ver perpendicularmente hacia abajo, pero como me resultó imposible colocar un dispositivo similar en lo alto, debido a la peculiar manera en que había cerrado la abertura y las arrugas en la tela que habían aparecido, no había manera de ver ningún objeto situado directamente en mi cenit. Esto, por supuesto, era un asunto de poca importancia, ya que, si hubiera podido colocar una ventana en la parte superior, el propio globo me habría impedido utilizarla.

A unos treinta centímetros debajo de una de las ventanas laterales había una abertura circular, de siete centímetros de diámetro, equipada con un anillo de latón cuyo interior estaba adaptado para que se introdujera un tornillo. Dentro de este anillo se enroscaba el gran tubo del condensador, de manera que el cuerpo de la máquina quedaba, por supuesto, dentro de la cámara de caucho. A través de este tubo, una cantidad de la atmósfera enrarecida circundante, aspirada mediante un *vacío* creado dentro del cuerpo de la máquina, era descargada desde ahí, en estado de condensación, para mezclarse con el aire enrarecido que ya se encontraba en la cámara. Esta operación, repetida varias veces, finalmente llenó la cámara de una atmósfera adecuada para todos los propósitos de la respiración. Pero, en un espacio tan reducido, en poco tiempo se volvería necesariamente pestilente y no apto para su uso debido al contacto frecuente con los pulmones, así que después lo expulsaba por una pequeña válvula ubicada en la parte inferior de la barquilla; el aire denso se hundía fácilmente en la atmósfera más enrarecida que había debajo. Para evitar el inconveniente de provocar en cualquier momento un *vacío* total dentro de la cámara, esta purificación no se efectuaba nunca de una vez, sino de manera gradual, así que abría la válvula solo por unos segundos, para luego volver a cerrarla, hasta que uno o dos golpes de la bomba del condensador hubieran suplido la atmósfera expulsada. Para experimentar, puse a la gata y a sus gatitos en una pequeña cesta y la suspendí fuera de la barquilla, por medio de un sostén que había en la parte inferior, cerca de la válvula, a través del cual podía alimentarlos en cualquier momento, de ser necesario. Antes de cerrar la boca de la cámara, a pesar del pequeño riesgo, metí debajo de la barquilla uno de los postes antes mencionados, al cual le até un gancho. Tan pronto como el aire denso entró a la cámara, el aro y los postes dejaron de ser necesarios; la expansión de la atmósfera encerrada distendió poderosamente las paredes de caucho.

Cuando hube completado todos estos arreglos y llenado la cámara como expliqué, faltaban solo diez minutos para que fueran las nueve. Durante todo el tiempo que estuve trabajando en esto, sufrí la más terrible angustia por la dificultad para respirar y me arrepentí amargamente de la negligencia, o más bien de la temeridad, de la que había sido culpable al dejar para el último momento un asunto de tanta importancia. Pero una vez que finalmente lo logré, pronto comencé a cosechar los beneficios de mi invención. Una vez más respiré con perfecta libertad y facilidad. ¿Y por qué no debería hacerlo? También me sorprendió gratamente encontrarme, en gran medida, libre de los violentos dolores que hasta entonces me habían atormentado. Un ligero dolor de cabeza, acompañado de una sensación de demasía o distensión en las muñecas, los tobillos y la garganta, era casi todo lo que me quedaba para quejarme. Así pues, parecía evidente que gran parte del malestar provocado por la eliminación de la presión atmosférica había *desaparecido*, como esperaba, y que gran parte del dolor sufrido durante las dos últimas horas debía atribuirse enteramente a los efectos de una respiración deficiente.

Veinte minutos antes de las nueve —es decir, poco tiempo antes de que cerrara la boca de la cámara— el mercurio llegó a su límite y el barómetro, que, como mencioné antes, era especialmente largo, dejó de funcionar. Entonces indicó que mi altitud era de 40 233 metros, o poco más de cuarenta kilómetros, y en consecuencia contemplé en ese momento una extensión del área de la Tierra que ascendía a no menos de una parte en trescientos veinte de toda su superficie. A las nueve en punto volví a perder de vista la Tierra hacia el este, pero no antes de darme cuenta de que el globo se desplazaba rápidamente hacia el N.N.O. El océano debajo de mí todavía conservaba su aparente concavidad, aunque mi vista a menudo era interrumpida por las masas de nubes que flotaban de un lado a otro.

A las nueve y media hice el experimento de lanzar un puñado de plumas a través de la válvula. No flotaron como yo esperaba, sino que cayeron perpendicularmente, como una bala, *en masse,* y con la mayor velocidad, y se perdieron de vista en muy pocos segundos. Al principio no supe qué hacer ante este fenómeno extraordinario; no podía creer que mi velocidad de ascenso hubiera, de repente, alcanzado una aceleración tan prodigiosa. Pero pronto me di cuenta de que la atmósfera era ya demasiado enrarecida como para sostener siquiera las plumas; que, en realidad, caían, como parecía ocurrir, con gran rapidez, y que lo que me había sorprendido eran las velocidades combinadas de su descenso y mi propia elevación.

A las diez de la mañana me di cuenta de que tenía muy poco en qué ocupar mi atención inmediata. Todo seguía viento en popa y yo creía que el globo ascendía a una velocidad que aumentaba a cada momento, aunque ya no tenía forma de determinar la progresión de ese aumento. No sufrí ningún dolor ni malestar de ningún tipo y gozaba de mejor ánimo que en cualquier otro punto desde mi partida de Rotterdam; me encargaba ya de examinar el estado de mis diversos aparatos, ya de regenerar la atmósfera dentro de la cámara. Decidí realizar este último punto a intervalos regulares de cuarenta minutos, más por la conservación de mi salud que porque una renovación tan frecuente fuese absolutamente necesaria. Mientras tanto, no pude evitar imaginar lo que pasaría. La fantasía se deleitaba con las regiones desconocidas y oníricas de la Luna. La imaginación, sintiéndose libre por primera vez, vagaba a su antojo entre las maravillas siempre cambiantes de una tierra sombría e inestable. Ahora había bosques áridos y ancestrales, precipicios escarpados y cascadas que se precipitaban con estruendo hacia abismos sin fondo. Y de repente, me encontraba con la quietud del mediodía, donde jamás se inmiscuía el viento del cielo y donde vastas praderas de amapolas y esbeltas flores, parecidas a lirios, se extendían en una distancia cansada, silenciosas e inmóviles para siempre. Luego, de nuevo, viajaba lejos, a otro lugar, donde todo era un lago oscuro y vago limitado por una frontera de nubes. Pero fantasías como estas no eran las únicas dueñas de mi cerebro. Horrores de una naturaleza de lo más severa y aterradora se abrían paso con demasiada frecuencia en mi mente y sacudían lo más profundo de mi alma con la mera suposición de su posibilidad. Sin embargo, no permití que mis pensamientos consideraran por mucho tiempo estas últimas especulaciones, pues consideraba que los peligros reales y palpables del viaje eran suficientes para concentrar toda mi atención.

A las cinco de la tarde, mientras regeneraba la atmósfera de la cámara, aproveché la oportunidad para observar a la gata y los mininos a través de la válvula. La gata parecía sufrir mucho, hecho que atribuí a una dificultad de respirar; pero mi experimento con los gatitos había rendido un resultado muy extraño. Por supuesto, había esperado que mostraran signos de dolor, aunque en menor grado que su madre —y esto hubiera sido suficiente para confirmar mi hipótesis respecto a la resistencia habitual a la presión atmosférica—, pero no había esperado encontrarlos, luego de un examen cercano, disfrutando de un alto grado de salud y respirando con gran facilidad y perfecta regularidad, sin evidenciar ni el más mínimo signo de alteración. Solo pude explicar todo esto ampliando mi teoría y suponiendo que la atmósfera altamente enrarecida que me rodeaba tal vez no fuera, como daba por sentado, químicamente insuficiente para la vida, y que una persona *nacida* en un *medio* así podría, posiblemente, ignorar los inconvenientes de su inhalación, mientras que, al ser trasladada a los estratos más densos cerca de la Tierra, podría sufrir torturas similares a las que yo había experimentado hacía poco. Desde entonces, lamento profundamente que un accidente inesperado, ocurrido en ese momento, causara la pérdida de mi pequeña familia gatuna y me privara de la comprensión de este asunto que un experimento continuo podría haberme proporcionado. Al pasar la mano por la válvula, con un vaso de agua para la vieja gatita, la manga de mi camisa se enredó en el lazo que sostenía la cesta, y así, en un instante, la soltó del botón. Ni siquiera si los gatitos se hubieran esfumado en el aire habrían desaparecido de mi vista de forma más abrupta e instantánea. Ciertamente, no pudo haber transcurrido ni una décima de segundo entre el desprendimiento de la cesta y su desaparición total con todo lo que contenía. Mis buenos deseos la siguieron hasta el fin, pero, por supuesto, no tenía ninguna esperanza de que ni la gata ni los gatitos vivieran para contar su desgracia.

A las seis en punto, contemplé que una gran porción del área visible de la Tierra hacia el este estaba envuelta en una densa sombra que continuó avanzando con gran rapidez, hasta que, cinco minutos antes de las siete, toda la superficie visible quedó envuelta en la oscuridad de la noche. Sin embargo, no fue hasta mucho después de esa hora que los rayos del sol poniente dejaron de iluminar el globo, y esta circunstancia, aunque, por supuesto, totalmente prevista, no dejó de proporcionarme un placer infinito. Era evidente que, por la mañana, contemplaría el astro naciente muchas horas antes que los ciudadanos de Rotterdam, a pesar de su ubicación mucho más al este, y así, día tras día, proporcionalmente a la altura que ascendiera, disfrutaría de la luz del sol durante un período cada vez más largo. Decidí entonces llevar un diario de mi travesía, contando los días de una a veinticuatro horas seguidas, sin tener en cuenta los intervalos de oscuridad.

A las diez, con sueño, decidí pasar el resto de la noche en la cama, pero entonces se presentó una dificultad que, por obvia que parezca, había escapado a mi atención hasta el momento del que hablo. Si dormía como me proponía, ¿cómo podría regenerarse la atmósfera de la cámara mientras tanto? Respirarla durante más de una hora, como máximo, sería imposible y, si este plazo se extendiera a una hora y cuarto, las consecuencias podrían ser catastróficas. Considerar este dilema me causó una gran inquietud; por más difícil que resulte creerlo, después de los peligros que había corrido, consideré este asunto tan seriamente como para renunciar a toda esperanza de lograr mi propósito final y casi había decidido que era necesario efectuar un descenso. Pero esta duda fue solo momentánea. Pensé que el hombre es un verdadero esclavo de la costumbre y que muchas partes de su rutina se piensan como *absolutamente* necesarias, pero en realidad *solo lo son* porque él mismo las ha vuelto habituales. Era verdad que no podía seguir sin dormir, pero fácilmente podía despertarme cada hora durante el periodo de mi reposo. Me tomaría cinco minutos como máximo regenerar la atmósfera por completo, y la única dificultad real era encontrar la manera de despertarme al momento indicado para hacerlo. Pero esta fue una cuestión que, confieso, no me tomó mucho tiempo resolver. Ya había escuchado de un estudiante que, para evitar quedarse dormido encima de sus libros, cargaba en una mano una esfera de cobre, cuyo ruido, al caer en el recipiente del mismo material que estaba junto a su silla, lo despertaba con gran éxito cuando, en cualquier momento, se empezaba a dejar dominar por el sueño. Mi caso, sin embargo, era muy diferente, y no tenía manera de hacer algo similar, pues no quería seguir despierto, sino ser despertado a intervalos fijos. Al final di con un medio que, simple como era, consideré, mientras lo pensaba, un invento del mismo nivel que el telescopio, la máquina de vapor o incluso el arte de la imprenta.

Es necesario partir de la premisa de que el globo, a la altura que ya había alcanzado, continuaba su ascenso de forma uniforme y sin desviaciones, y la barquilla, en consecuencia, lo seguía con una firmeza tan perfecta que habría sido imposible detectar la más mínima vacilación. Esta circunstancia favoreció enormemente el proyecto que decidí adoptar. Mi suministro de agua estaba a bordo del globo dentro de barriles de cinco galones cada uno, colocados de forma muy segura alrededor del interior de la barquilla. Solté uno de ellos y até dos cuerdas firmemente a través del borde de la estructura de mimbre de un lado a otro, colocándolas a unos treinta centímetros de distancia, en paralelo, de manera que formaran una especie de plataforma sobre la cual coloqué el barril y lo mantuve en posición horizontal. A unos veinte centímetros debajo de estas cuerdas, y a un metro y medio del fondo de la barquilla, fijé otra plataforma, pero hecha de tablón fino, que era la única pieza similar a la madera que tenía. Sobre este último estante, y justo debajo de uno de los bordes del barril, deposité una pequeña jarra de barro. Perforé el extremo del barril, sobre la jarra, y coloqué un tapón de madera blanda, cortado en forma cónica. Moví este tapón hacia dentro y hacia fuera, según fuera necesario, hasta que, tras algunos intentos, llegó exactamente al grado necesario para que el agua, al salir por el agujero y caer en la jarra de abajo, la llenara hasta el borde en sesenta minutos. Por supuesto, esto lo determiné rápida y fácilmente al observar qué proporción de la jarra se llenaba en un tiempo determinado. Una vez dispuesto todo esto, el resto del plan es obvio. Mi cama estaba colocada sobre la base de la barquilla, de modo que mi cabeza, al acostarme, quedaba justo debajo de la boca de la jarra. Al transcurrir una hora, la jarra, al llenarse, se desbordaría, y lo haría por la boca que estaba un poco más abajo que el borde; el agua, al caer desde una altura de más de un metro, no podía hacer otra cosa que caer sobre mi rostro, y la consecuencia segura sería despertarme instantáneamente, incluso del sueño más profundo del mundo.

Eran las once en punto cuando terminé estos preparativos y me acosté inmediatamente, con plena confianza en la eficacia de mi invento. Y no fui decepcionado. Puntualmente, cada sesenta minutos, me despertaba mi fiel cronómetro y, tras vaciar la jarra de vuelta en el barril y renovar el aire con el condensador, me retiraba de nuevo a la cama. Estas interrupciones regulares de mi sueño me causaron aún menos molestias de las que había previsto. Cuando finalmente me levanté, eran las siete y el sol se había alzado muchos grados sobre la línea del horizonte.

3 de abril. Me di cuenta de que el globo había alcanzado una altura inmensa y la convexidad de la Tierra ya era muy evidente. Debajo de mí, en el océano, se extendía un grupo de puntos negros que, sin duda, eran islas. Arriba, el cielo era de un negro intenso y las estrellas eran brillantemente visibles; de hecho, lo habían sido constantemente desde el primer día de ascenso. A lo lejos, hacia el norte, percibí una delgada línea, o franja, blanca y extremadamente brillante, en el borde del horizonte, y no dudé en suponer que se trataba del disco sur de los hielos del mar polar. Mi curiosidad se despertó con entusiasmo, pues albergaba la esperanza de ir mucho más al norte y, posiblemente, en algún momento, encontrarme directamente sobre el polo. Lamentaba que mi gran altura, en este caso, me impidiera realizar una inspección tan precisa como desearía. Sin embargo, mucho podía averiguarse.

No pasó nada extraordinario durante el día. Mis instrumentos seguían en buen estado y el globo seguía ascendiendo sin vacilación perceptible. El frío era intenso y me obligaba a mantenerme envuelto en un abrigo. Cuando la oscuridad llegó a la Tierra, me acosté, aunque durante mucho tiempo después la luz solar siguió brillando en mi vecindad inmediata. El reloj de agua realizó su trabajo con puntualidad y dormí sin ningún problema hasta la siguiente mañana, salvo por la interrupción periódica.

4 de abril. Me desperté de buen humor y en un estado saludable, y me sorprendió el singular cambio que la apariencia del mar había experimentado. Había perdido, en gran medida, el tono profundo de azul que hasta ese momento había vestido, ahora reemplazado por un blanco grisáceo y un brillo que deslumbraba ante los ojos. La convexidad del océano ya era tan visible que toda la masa del agua distante parecía caerse hacia el abismo del horizonte, e incluso esperaba escuchar los ecos de aquella gran catarata. Ya no se podían ver las islas; era imposible saber si habían pasado bajo el horizonte hacia el sureste o si mi elevación cada vez más lejana las había dejado fuera de vista. Sin embargo, me convencía más la segunda opción. La pared de hielo hacia el norte se volvía cada vez más visible. De todas formas, el frío no era tan intenso. No ocurrió nada de importancia y pasé el día leyendo, pues había tomado la precaución de llevar libros conmigo.

5 de abril. Contemplé el singular fenómeno del sol saliente mientras el resto de la superficie visible de la Tierra seguía envuelta en oscuridad. Sin embargo, más tarde, la luz se extendió sobre todo, y volví a ver la pared de hielo en el norte. Era obvio que me estaba acercando a ella, y con gran rapidez. Me pareció haber visto de nuevo una franja de tierra al este y una al oeste, pero no estoy seguro de que lo fueran. El clima, templado. No sucedió nada importante durante el día. Dormí temprano.

6 de abril. Me sorprendió ver que la pared de hielo se encontraba a una distancia moderada y un inmenso campo del mismo material se extendía por todo el horizonte al norte. Si el globo mantenía su rumbo actual, eventualmente sobrevolaría el océano congelado, y ya no quedaba duda de que llegaría a ver el polo. Durante todo el día me estuve acercando al hielo. Hacia la noche los límites de mi horizonte aumentaron, de manera muy súbita y material, sin duda debido a la forma de esfera abollada de la Tierra y a mi llegada sobre las regiones planas en la vecindad del círculo ártico. Cuando la oscuridad me cubrió, me fui a acostar con gran ansiedad, con el miedo de que el objeto de tanta curiosidad pasara y no tuviera la oportunidad de observarlo.

7 de abril. Me levanté temprano y, para mi gran gusto, ya no quedaba duda de que se trataba del Polo Norte. Estaba ahí, con certeza, justo debajo de mis pies. Pero —¡qué desgracia!— ya estaba tan arriba que no podía ver nada con claridad. Tomando en cuenta los números que indicaron mis varias altitudes a diferentes periodos, respectivamente, entre las seis de la mañana del 2 de abril y las ocho horas, cuarenta minutos de la mañana del mismo día (momento en que el barómetro dejó de funcionar), se podía inferir que el globo, a las cuatro de la mañana del 7 de abril, había alcanzo una altura de no menos, sin duda, de 11 674 kilómetros sobre el nivel del mar. Puede que esta elevación parezca inmensa, pero el cálculo sobre el cual basé este resultado probablemente estaba muy por debajo de la verdad. En todo caso, indudablemente contemplé la totalidad del diámetro mayor de la Tierra; todo el hemisferio norte se extendía debajo de mí como una proyección ortográfica, y el propio gran círculo del Ecuador era el límite de mi horizonte. Empero, como Sus Excelencias podrán imaginar con facilidad, las regiones confinadas del círculo ártico, hasta hoy inexploradas, a pesar de que me encontraba directamente sobre ellas y, por ello, podía verlas sin que parecieran menos extensas, se mostraban diminutas y estaban a una distancia demasiado grande desde el punto de vista como para poder ser sometidas a una examinación precisa. Sin embargo, lo que podía verse era singular y fascinante. Hacia el norte, desde el enorme límite antes mencionado que, con ligeras reservas, podría considerarse el límite del descubrimiento humano en estas regiones, se extiende una capa de hielo intacta, o casi intacta. En los primeros grados de su progresión, su superficie se aplanaba visiblemente y más adelante se hundía hasta quedar plana; finalmente, volviéndose *bastante cóncava*, culminaba, en el polo mismo, en un centro circular, nítidamente definido, cuyo diámetro aparente subtendía en el globo un ángulo de unos sesenta y cinco segundos, y cuyo tono oscuro, de intensidad variable, era en todo momento más oscuro que cualquier otro punto del hemisferio visible, y en ocasiones se hacía más profundo hasta llegar a la más absoluta negrura. Más allá de esto, poco pude determinar. A las doce, la circunferencia del centro circular había disminuido considerablemente, y a las siete de la tarde lo perdí de vista por completo; el globo pasó sobre el borde occidental del hielo y se alejó rápidamente en dirección al ecuador.

8 de abril. Noté una disminución considerable en el diámetro aparente de la Tierra, además de una alteración sustancial en su color y apariencia general. Toda el área visible presentaba diferentes grados de un tono amarillo pálido, y en algunas zonas había adquirido un brillo incluso doloroso a la vista. Mi visión hacia abajo también fue considerablemente obstaculizada por la densa atmósfera cercana a la superficie, cargada de nubes, entre cuyas masas solo podía vislumbrar la tierra de vez en cuando. Esta falta de visión directa me había preocupado durante las últimas cuarenta y ocho horas, pero mi enorme altitud actual atraía, por así decirlo, las masas de vapor flotantes, y la incomodidad se hizo, por supuesto, cada vez más palpable a medida que ascendía. Sin embargo, podía percibir fácilmente que el globo flotaba sobre la cordillera de los grandes lagos del continente norteamericano y mantenía un rumbo hacia el sur que pronto me llevaría a los trópicos. Esta circunstancia me produjo una profunda satisfacción y la consideré un feliz presagio del éxito venidero. De hecho, la dirección que había tomado hasta entonces me había llenado de inquietud, pues era evidente que, de haberla continuado durante mucho más tiempo, no habría tenido ninguna posibilidad de llegar a la Luna, cuya órbita está inclinada con respecto a la eclíptica solo un pequeño ángulo de 5° 8' 48". Por extraño que parezca, fue hasta este último momento que comencé a comprender el gran error que había cometido al no partir de la Tierra en algún punto *del plano de la elipse lunar.*

9 de abril. El diámetro de la Tierra disminuyó notoriamente y el color de la superficie se volvió de un amarillo que se tornaba más profundo cada hora. El globo mantuvo su camino hacia el sur y llegó, a las nueve de la noche, a la frontera norte del Golfo de México.

10 de abril. Me despertó repentinamente, alrededor de las cinco de esta mañana, un sonido fuerte, crepitante y aterrador que no pude explicar. Fue de muy corta duración, pero mientras duró, no se parecía a nada en el mundo que hubiera experimentado antes. Sobra decir que me alarmé muchísimo, pues, en un principio, atribuí el ruido al estallido del globo. Sin embargo, examiné todos mis aparatos con gran atención y no encontré nada en malas condiciones. Pasé gran parte del día meditando sobre el suceso tan extraordinario, pero no pude encontrar ninguna explicación. Me acosté insatisfecho, en un estado de gran ansiedad y agitación.

11 de abril. Noté una disminución en el diámetro aparente de la Tierra y un incremento considerable, por primera vez a la vista, de la Luna, a quien solo le faltaban unos días para verse llena. Ya requería un gran trabajo y labor excesiva condensar suficiente aire atmosférico dentro de la cámara para permitir la vida.

12 de abril. Se produjo un cambio singular en la dirección del globo, y aunque ya lo había previsto, me causó un gran deleite. Tras alcanzar, en su trayectoria anterior, aproximadamente el paralelo vigésimo de latitud sur, giró repentinamente, en un ángulo agudo, hacia el este, y así continuó durante todo el día, manteniéndose casi, si no totalmente, en el plano exacto de la elipse lunar. Cabe destacar que había una oscilación muy perceptible en la barquilla como consecuencia de este cambio de ruta; oscilación que persistió, en mayor o menor medida, durante varias horas.

13 de abril. De nuevo me alarmó mucho la repetición del fuerte crujido que me aterrorizó el 10 de abril. Reflexioné mucho sobre el tema, pero no pude llegar a una conclusión satisfactoria. El diámetro aparente de la Tierra disminuyó considerablemente y formaba un ángulo de poco más de veinticinco grados desde el globo. La Luna no se veía en absoluto, pues estaba casi en mi cenit. Seguí en el plano de la elipse, pero avancé poco hacia el este.

14 de abril. Disminución extremadamente rápida del diámetro de la Tierra. Me impresionó mucho la idea de que el globo estaba ascendiendo por la línea de ábsides hasta el punto de perigeo; en otras palabras, mantenía la trayectoria directa que lo llevaría inmediatamente a la Luna, en la parte de su órbita más cercana a la Tierra. La Luna misma estaba justo encima, y por consiguiente fuera de mi vista. Se requirió un trabajo enorme y prolongado para la condensación de la atmósfera.

15 de abril. Ya ni siquiera los contornos de los continentes y los mares podían trazarse con claridad sobre la Tierra. Alrededor de las doce, escuché, por tercera vez, ese espantoso sonido que tanto me había espantado antes. Sin embargo, esta vez continuó durante unos instantes y cobró intensidad a medida que continuaba. Finalmente, mientras, estupefacto y aterrorizado, esperaba una destrucción que desconocía, el globo vibró con extrema violencia y una gigantesca masa flameante de algún material que no pude distinguir llegó con una voz de mil truenos, rugiendo y retumbando junto al globo. Cuando mis temores y mi asombro se disiparon parcialmente, no me costó suponer que se trataba de algún poderoso fragmento volcánico expulsado de ese mundo al que me acercaba tan rápidamente y, con toda probabilidad, de una de esas singulares sustancias que ocasionalmente se recogen en la Tierra y que se denominan meteoritos a falta de un nombre mejor.

16 de abril. Mirando hacia arriba lo mejor que pude, alternando para echar un vistazo a través de cada ventana lateral, contemplé, para mi gran deleite, una pequeña porción del disco lunar que sobresalía, por así decirlo, por todos lados más allá de la enorme circunferencia del globo. Mi agitación era extrema; ya no me cabía duda de que pronto llegaría al final de mi peligroso viaje. De hecho, el trabajo que requería el condensador había aumentado hasta un grado opresivo y apenas me permitía descansar del esfuerzo. Dormir era casi imposible. Me sentía muy mal y mi cuerpo temblaba de agotamiento. Era imposible que la constitución humana soportara ese estado de intenso sufrimiento por mucho más tiempo. Durante el breve intervalo de oscuridad, un meteorito pasó de nuevo cerca de mí, y la frecuencia de estos fenómenos comenzó a causarme mucha aprensión.

17 de abril. Esta mañana marcó un hito en mi viaje. Recordarán que el 13 de abril la Tierra subtendía un ángulo de veinticinco grados. El 14 de abril, este había disminuido considerablemente; el 15 de abril, se observó una disminución aún más rápida; y, al retirarme para la noche del 16 de abril, noté un ángulo de no más de siete grados y quince minutos. Tan grande fue, pues, mi asombro al despertar de un breve y perturbado sueño, en la mañana de este día 17 de abril, al encontrar que ¡la superficie bajo mis pies había aumentado de volumen de forma tan repentina y asombrosa, hasta alcanzar no menos de treinta y nueve grados de diámetro angular aparente! ¡Quedé atónito! No hay palabras que puedan expresar con precisión el horror y el asombro extremos y absolutos que me invadieron, poseyeron y abrumaron por completo. Mis rodillas se tambaleaban debajo de mí; mis dientes temblaban; mi cabello se me erizó hasta las puntas. «¡El globo de verdad había explotado!». Estas fueron los primeros tumultuosos pensamientos que corrieron por mi mente: «¡El globo, definitivamente, había explotado! ¡Estaba cayendo, cayendo con ímpetu y a la más inigualable velocidad! A juzgar por la inmensa distancia que ya había recorrido, ¡no podían faltar más de diez minutos, como máximo, para que chocara contra la superficie de la Tierra y fuera aniquilado!». Pero eventualmente la razón alivió mis miedos. Me detuve; consideré; comencé a dudar. El asunto era imposible. De ninguna manera podía haber descendido tan rápido. Además, aunque evidentemente me acercaba a la superficie debajo de mí, lo hacía a una velocidad que de ninguna manera era proporcional a la que había imaginado inicialmente. Gracias a esta consideración se pudo calmar mi agitación y finalmente logré considerar el fenómeno desde su perspectiva correcta. De hecho, el asombro debió de privarme de mis sentidos al no poder apreciar la enorme diferencia, en apariencia, entre la superficie debajo mío y la superficie de mi Madre Tierra. Esta última estaba, en efecto, sobre mi cabeza, completamente oculta por el globo, mientras que la Luna —la Luna en toda su gloria— yacía debajo de mí, a mis pies.

El estupor y la sorpresa que me produjeron este extraordinario cambio de rumbo fue quizás, después de todo, la parte de la aventura menos explicable. Pues la *inversión* en sí no solo era natural e inevitable, sino que se había previsto desde hacía tiempo como una circunstancia esperable siempre que llegara al punto exacto de mi viaje en donde la atracción del planeta fuera superada por la del satélite; o, más precisamente, en donde la gravitación del globo hacia la Tierra fuera menos poderosa que hacia la Luna. En efecto, me desperté de un sueño profundo, con todos los sentidos confundidos, para contemplar un fenómeno sorprendente, uno que, aunque esperado, no lo era en ese momento. La revolución misma debe, por supuesto, haber tenido lugar de una manera fácil y gradual, y no está claro de ninguna manera que, si yo hubiera estado despierto en el momento en que ocurrió, me hubiera dado cuenta de ello por alguna evidencia *interna* de una inversión; es decir, por algún inconveniente o desorden, ya sea en mi persona o entre mis instrumentos.

Casi está por demás decir que, al llegar a entender la situación en la que me encontraba, y al salir del terror que había absorbido cada facultad de mi alma, mi atención se dirigió totalmente, en primer lugar, hacia la contemplación de la apariencia física de la Luna. Se extendía debajo de mí como un mapa, y aunque supuse que seguía a una distancia considerable, los detalles de su superficie eran visibles para mis ojos y tenían una claridad tan asombrosa como inexplicable. La ausencia entera de océano o mar, de lago o río, y en realidad de cualquier tipo de cuerpo de agua, me sorprendió, a primera vista, y fue la característica más extraordinaria de su condición geológica. Sin embargo, es extraño decirlo, pero contemplé grandes regiones llanas de un carácter definitivamente aluvial, aunque la mayor proporción del hemisferio que podía observar estaba cubierta de montañas volcánicas, de forma cónica, que parecían ser protuberancias más bien artificiales que naturales. La más alta de ellas no excedía los seis kilómetros de elevación perpendicular; un mapa de los distritos volcánicos de los Campos Flégreos podría darles a Sus Excelencias una mejor idea de su superficie común que cualquier descripción vulgar que yo pueda dar. La mayor parte de los volcanes estaban en un estado de evidente erupción, por lo que me dieron un entendimiento temeroso de su furia y poder por medio de los repetidos truenos de los mal llamados meteoritos que eran arrojados hacia el globo con una frecuencia cada vez más preocupante.

18 de abril. Noté un enorme aumento en el volumen aparente de la Luna y la evidente aceleración de mi descenso empezó a alarmarme. Recordaré que, en la etapa inicial de mis especulaciones sobre la posibilidad de un pasaje a la Luna, la existencia, en sus proximidades, de una atmósfera densa en proporción al volumen del planeta había influido considerablemente en mis cálculos, a pesar de muchas teorías en contra y, cabe añadir, a pesar de la incredulidad general de que existiera una atmósfera lunar en absoluto. Pero, además de lo que ya he sugerido respecto al cometa Encke y la luz zodiacal, ciertas observaciones del señor Schroeter, de Lilienthal, reforzaron mi opinión. Él observó la Luna, a los dos días y medio de edad, al anochecer, poco después del ocaso, antes de que la parte oscura fuera visible, y continuó observándola hasta que se hizo visible. Las dos cúspides parecían estrecharse en una prolongación tenue y muy pronunciada, cada una con su extremo más alejado apenas iluminado por los rayos solares, antes de que se pudiera ver el resto del hemisferio oscuro. Poco después, todo el extremo oscuro se iluminó. Pensé que esta prolongación de las cúspides más allá del semicírculo debía deberse a la refracción de los rayos solares por la atmósfera lunar. Calculé, además, que la altura de la atmósfera (que podía refractar la luz lo suficiente en su hemisferio oscuro como para producir un crepúsculo más luminoso que la luz reflejada desde la Tierra cuando la Luna está a unos treinta y dos grados de la luna nueva) era de 4 404 metros; desde esta perspectiva, supuse que la máxima altura capaz de refractar los rayos solares era de 1 638 metros. Mis ideas sobre este tema también se vieron confirmadas por un pasaje del octogésimo segundo volumen de las *Transacciones Filosóficas*, el cual afirma que, durante una ocultación de los satélites de Júpiter, el tercero desapareció tras haber permanecido indistinto durante aproximadamente dos y medio o cinco centímetros, y el cuarto se volvió indiscernible cerca del limbo.[7] Por supuesto, la seguridad de mi descenso final

---

7   Hevelius escribe que ha encontrado varias veces, en cielos perfectamente despejados, cuando las estrellas de sexta y séptima magnitud eran visibles, que, a la misma altura que la Luna, a la misma elongación de la Tierra, y con el mismo excelente telescopio, la Luna y sus máculas no se

dependía completamente de la resistencia, o más propiamente, del apoyo de una atmósfera que existía en un estado de densidad imaginada. Si, después de todo, resultaba estar equivocado, no me quedaba, como desenlace de mi aventura, nada mejor que estrellarme contra la rugosa superficie del satélite. Y, de hecho, en ese momento tenía motivos de sobra para estar aterrorizado. La distancia que había entre mí y la Luna era comparativamente insignificante, mientras que el trabajo requerido por el condensador no disminuyó en absoluto y no noté signo alguno de una disminución del enrarecimiento del aire.

19 de abril. Esa mañana, para mi gran alegría, alrededor de las nueve, con la superficie lunar terriblemente cerca y mis aprensiones al máximo, la bomba de mi condensador finalmente dio señales evidentes de una alteración en la atmósfera. A las diez, tenía razones para creer que su densidad había aumentado considerablemente. A las once, el aparato requirió muy poco esfuerzo. Y a las doce, con cierta vacilación, me atreví a desenroscar el *tourniquet*, cuando, al no encontrar inconveniente alguno, finalmente abrí la cámara de caucho y la desenganché de la barquilla. Como era de esperar, espasmos y un fuerte dolor de cabeza fueron las consecuencias inmediatas de un experimento tan precipitado y peligroso. Pero estas y otras dificultades respiratorias, como no eran tan graves como para poner en peligro mi vida, decidí soportarlas lo mejor que pudiera, considerando que las dejaría atrás momentáneamente al acercarme a los estratos más densos cerca de la Luna. Esta aproximación, sin embargo, seguía siendo extremadamente impetuosa, y pronto se hizo alarmantemente cierto que, aunque probablemente no me había engañado al esperar una atmósfera densa en proporción a la masa

veían igualmente lúcidas todo el tiempo. A partir de las circunstancias de la observación, es evidente que la causa de este fenómeno no está ni en nuestro aire ni en el tubo ni en la Luna ni en el ojo del espectador, sino que debe ser parte de algo que ya existe (¿una atmósfera?) en la Luna. Cassini observó con frecuencia que Saturno, Júpiter y las estrellas fijas, al acercarse la ocultación lunar, cambiaban de su forma circular a una forma ovalada; y, en otras ocultaciones, esta alteración de la forma no sucedió. De ahí que se pueda suponer que, *algunas veces,* y no siempre, hay una densa materia que envuelve la Luna y en donde los rayos de las estrellas se refractan.

del satélite, me había equivocado al suponer que esta densidad, incluso en la superficie, era suficiente para soportar el gran peso contenido en la cápsula de mi globo. Sin embargo, este *debería* haber sido el caso, y en igual grado que en la superficie terrestre, suponiéndose que la gravedad real de los cuerpos en ambos planetas era proporcional a la condensación atmosférica. Sin embargo, mi precipitada caída demostró que *no* fue así; *la razón* solo puede explicarse por las posibles perturbaciones geológicas a las que he aludido anteriormente. En cualquier caso, ya me encontraba cerca del planeta y descendía con la más terrible impetuosidad. De inmediato, pues, arrojé por la borda primero mi lastre, luego mis barriles de agua, después mi aparato condensador y mi cámara de caucho, y, finalmente, todos los artículos que había dentro de la barquilla. Pero todo fue en vano. Seguía cayendo con una rapidez terrible, y ya estaba a apenas 800 metros de la superficie. Como último recurso, tras deshacerme del abrigo, el sombrero y las botas, solté del globo *la propia barquilla*, que pesaba bastante, y así, aferrándome con ambas manos a la red, apenas tuve tiempo de ver que toda la superficie, hasta donde alcanzaba la vista, estaba densamente poblada de diminutas viviendas; caí de cabeza en el corazón de una ciudad de aspecto fantástico, en medio de una inmensa multitud de personitas feas, y ninguna de ellas pronunció una sola sílaba ni se molestó en ayudarme, sino que permanecieron de pie, como un grupo de idiotas, con una sonrisa ridícula y mirándonos a mí y a mi globo de reojo, de brazos cruzados. Me aparté de ellos con desprecio y, alzando la vista hacia la Tierra, abandonada hacía tan poco, y quizá para siempre, la contemplé como un enorme escudo de cobre opaco, de unos dos grados de diámetro, fijada de manera inamovible en el cielo y rematada en uno de sus bordes con una media luna de oro reluciente. No había rastros de tierra ni de agua y todo estaba nublado con manchas variables y ceñido por zonas tropicales y ecuatoriales.

Así, ojalá les plazca a Sus Excelencias, después de una serie de grandes ansiedades, peligros desconocidos y escapes sin igual, había, por fin, a los diecinueve días desde mi partida de Rotterdam, concluido a salvo el viaje, sin duda, más extraordinario y colosal que cualquier ciudadano terrestre ha logrado, asumido o siquiera concebido. Pero mis aventuras todavía no han sido contadas. Y Sus Excelencias pueden muy bien imaginar que, después de una residencia de cinco años en un planeta no solo profundamente interesante por su carácter peculiar, sino doblemente interesante por su conexión íntima, en calidad de satélite, con el mundo habitado por el humano, puede que tenga información para el oído privado del Colegio Estatal de Astrónomos de mucha más importancia que los detalles, por maravillosos que sean, del mero viaje que concluyó tan felizmente. Este es, de hecho, el caso. Hay muchas cosas, muchísimas, que me darían un gran placer comunicar. Tengo mucho que decir sobre el clima del planeta; sobre sus asombrosas oscilaciones entre el frío y el calor; sobre la luz solar que alumbra sin tregua y abrasa durante una quincena y la polar frialdad que le sigue; sobre el constante intercambio de humedad, por medio de una destilación como la que sucede en el vacío, desde el punto justo debajo del sol al punto más lejano de él; sobre las zonas variables de agua corriente; sobre las propias personas; sobre sus maneras, costumbres e instituciones políticas; sobre su aspecto físico peculiar; sobre su fealdad; sobre su deseo de tener orejas, esos apéndices inútiles en una atmósfera tan diferente; sobre su consecuente ignorancia del uso y las propiedades del habla; sobre cómo sustituyen el habla con un método particular de comunicación; sobre la conexión incomprensible entre cada individuo particular de la Luna con cada individuo particular de la Tierra, una conexión análoga por medio de la cual, dependiendo de las orbes del planeta y el satélite, las vidas y los destinos de los habitantes de uno están entretejidos con las vidas y los destinos de los habitantes del otro; y sobre todo, si a Sus Excelencias les place, sobre todos esos oscuros y terribles misterios que yacen en las regiones exteriores de la Luna, regiones que, gracias a la casi milagrosa concordancia entre la rotación del satélite sobre su propio eje y su revolución sideral alrededor de la Tierra, nunca se han visto y, por misericordia divina, nunca serán vistos bajo el escrutinio de los telescopios del hombre. Todo esto y más —mucho más— estoy dispuesto a comunicar en gran detalle. Pero, para ser breve, debo recolectar mi recompensa. Anhelo regresar a mi familia y a mi hogar, y como precio a cualquier comunicación posterior de mi parte —considerando la luz que puedo arrojar sobre importantes ramas de la ciencia física y metafísica—, debo solicitar, por la influencia de su honorable organismo, el indulto por el delito del que soy culpable respecto a la muerte de mis acreedores tras mi partida de Rotterdam. Este es, pues, el objeto del presente documento. Su portador, un habitante de la Luna, a quien he persuadido y debidamente instruido para que sea mi mensajero a la Tierra, esperará la voluntad de Sus Excelencias y regresará a mí con el indulto en cuestión, si es posible obtenerlo de alguna manera.

Tengo el honor de ser el muy humilde servidor de Sus Excelencias,

Hans Pfaall.

***

Al terminar de leer este documento tan extraordinario, se dice que el profesor Rubadub, en la cúspide de su sorpresa, dejó caer su pipa al suelo, y Mynheer Superbus Von Underduk, tras quitarse las gafas, limpiarlas y guardarlas en su bolsillo, se olvidó tanto de sí mismo y de su dignidad que dio tres vueltas sobre sus talones en la quintaesencia del asombro y la admiración. No cabía duda: el indulto debía obtenerse. Así lo prometió, al menos, con un juramento rotundo, el profesor Rubadub, y así lo pensó finalmente el ilustre Von Underduk, al tomar el brazo de su colega en ciencias y, sin decir palabra, se dirigió a casa a toda prisa para deliberar sobre las medidas a adoptar. Sin embargo, al llegar a la puerta de la vivienda del burgomaestre, el profesor se aventuró a sugerir que, dado que el mensajero había considerado oportuno desaparecer —sin duda aterrado por el aspecto salvaje de los burgueses de Rotterdam—, el indulto sería de poca utilidad, ya que solo un hombre de la Luna podría emprender un viaje a tan vasta distancia. El burgomaestre asintió ante la veracidad de esta observación y el asunto terminó así. No así, sin embargo, los rumores y especulaciones. La carta, una vez publicada, dio lugar a diversos chismes y opiniones. Algunos de los más sabios incluso se pusieron en ridículo al calificar todo el asunto de simple engaño. Pero engaño, para esta clase de gente, es, me parece, un término general para todo asunto que escapa a su comprensión. Por mi parte, no logro comprender en qué datos han fundado tal acusación. Veamos qué dicen:

Primero: Que ciertos bromistas de Rotterdam sienten especial antipatía por ciertos burgomaestres y astrónomos.

Segundo: Que un peculiar enanito y conjurador de botellas cuyas orejas, por alguna fechoría, le fueron cortadas a ras de la cabeza, lleva varios días desaparecido de la vecina ciudad de

Brujas.

Tercero: Que los periódicos pegados por todo el globo eran periódicos holandeses y, por lo tanto, no pudieron haberse impreso en la Luna. Eran periódicos sucios —muy sucios— y Gluck, el impresor, podría jurar por la Biblia que se imprimieron en Rotterdam.

Cuarto: Que el propio Hans Pfaall, el villano borracho, y los tres caballeros holgazanes a los que se les nombra sus acreedores, fueron vistos hace no más de dos o tres días en una taberna de las afueras, recién regresados, con dinero en los bolsillos, de un viaje al otro lado del mar.

Por último: Es una opinión muy generalizada, o debería serlo, que el Colegio de Astrónomos de la ciudad de Rotterdam, así como todos los demás colegios del mundo —sin mencionar los colegios y los astrónomos en general— no son, como mínimo, ni mejores ni más grandes ni más sabios de lo que deberían ser.

Nota: Estrictamente hablando, hay poca similitud entre la anterior y la célebre «Historia de la Luna» del señor Locke, pero, como ambas parecen ser falsas (aunque una se presenta en tono de broma, la otra con total seriedad), y como ambas tratan el mismo tema, la Luna —y, además, como ambas intentan dar credibilidad mediante detalles científicos—, el autor de «Hans Pfaall» considera necesario decir, en defensa propia, que su propio *jeu d'esprit* se publicó en el *Southern Literary Messenger* unas tres semanas antes del comienzo de la del señor L. en el *New York Sun*. Imaginando una semejanza que, tal vez, no existe, algunos periódicos neoyorquinos copiaron «Hans Pfaall» y la colocaron bajo el título «Engaño de la Luna», de manera que confundieron el autor de una con el autor de otra.

Dado que muchas más personas de las que están dispuestas a reconocerlo se sintieron realmente irritadas por el «Engaño de la Luna», puede resultar algo entretenido mostrar por qué nadie debería haber sido engañado y señalar aquellos detalles de la historia que deberían haber sido suficientes para establecer su verdadera naturaleza. De hecho, por muy rica que fuera la imaginación desplegada en esta ingeniosa ficción, carecía de la fuerza que podría haberle dado una atención más escrupulosa a los hechos y a la analogía general. Que el público fuera engañado, aunque fuera por un instante, simplemente demuestra la gran ignorancia que prevalece sobre temas de naturaleza astronómica.

La distancia entre la Luna y la Tierra es, en números redondos, de 386 000 kilómetros. Si deseamos determinar cuánto acercaría, aparentemente, una lente al satélite (o a cualquier objeto distante), por supuesto, solo tenemos que dividir la distancia por el aumento, o más estrictamente, por el poder de penetración espacial del cristal. El señor L. hace que su lente tenga una potencia de 42 000 veces; solo divida esto entre 386 000 (la distancia real de la Luna), y obtendrá ocho kilómetros como distancia aparente. Ningún animal en absoluto podría ver tan lejos; mucho menos los pequeños puntos particularizados en la historia. El señor L. habla de cómo sir John Herschel percibe flores (como *Papaver rheas*, etc.) e incluso detecta el color y la forma de los ojos de pequeños pájaros. Poco antes, asimismo, él mismo observó que la lente no haría perceptibles objetos de menos de cuarenta y cinco centímetros de diámetro, pero incluso esto, como ya he dicho, le confiere al vidrio un poder demasiado grande. Cabe mencionar, de paso, que se dice que este prodigioso cristal fue moldeado en la cristalería de los franceses Hartley y Grant, en Dumbarton, pero el establecimiento de los señores H. y G. cesó sus operaciones muchos años antes de la publicación del engaño.

En la página 13, en la edición del panfleto, hablando de un «velo peludo» sobre los ojos de una especie de bisonte, el autor dice: «Inmediatamente salta a la mente aguda del doctor Herschel que esta era una mecánica de la Providencia hecha para proteger los ojos del animal de los grandes extremos de la luz y la oscuridad a la que todos los habitantes de nuestro lado de la Luna son sujetos periódicamente». Pero esta no puede ser pensada con una muy «aguda» observación de parte del doctor. Los habitantes de nuestro lado de la Luna no tienen, evidentemente, oscuridad, así que nada se puede decir sobre «extremos». En la ausencia del sol, reciben una luz de la Tierra equivalente a trece lunas llenas.

La topografía utilizada en el relato, si bien declara que concuerda con la *Carta Lunar* de Blunt, discrepa totalmente de esta o de cualquier otra carta lunar, e incluso discrepa groseramente consigo misma. Los puntos cardinales también se encuentran en una confusión inextricable; el autor parece ignorar que, en un mapa lunar, estos no concuerdan con los puntos terrestres; el este está a la izquierda, etc.

Engañado, quizás, por los vagos títulos —*Mare Nubium, Mare Tranquilliatis, Mare Fæcunditatis*, etc.— dados a las zonas oscuras por antiguos astrónomos, el señor L. entró en detalles sobre los océanos y otras grandes masas de agua en la Luna, mientras que no hay hecho astronómico más seguro que la inexistencia de tales cuerpos ahí. Al examinar el límite entre la luz y la oscuridad (en la luna creciente o gibosa), donde este límite cruza cualquiera de los lugares oscuros, la línea divisoria resulta ser tosca e irregular, pero si estos lugares oscuros fueran líquidos, evidentemente sería uniforme.

Las descripciones del hombre-murciélago, en la página 21, no es nada más que una copia de los isleños alados de Peter Wilkins. Uno pensaría que este simple hecho habría inducido algo de duda, por lo menos.

En la página 23, se lee lo siguiente: «¡Qué influencia tan prodigiosa debió ejercer nuestro globo, trece veces más grande, sobre este satélite cuando era un embrión en el seno del tiempo, sujeto pasivo de afinidad química!». Esto es muy bello, pero cabe señalar que ningún astrónomo habría hecho semejante observación, especialmente en una revista científica, pues la Tierra, en el sentido que se le da, no solo es trece, sino cuarenta y nueve veces *más grande* que la Luna. Una objeción similar se aplica a todas las páginas finales, donde, a modo de introducción a algunos descubrimientos en Saturno, el corresponsal filosófico ofrece una minuciosa descripción escolar de dicho planeta. ¡Y esto en la *Revista Científica de Edimburgo!*

Pero hay un punto en particular que debería haber delatado la ficción. Imaginemos el poder real de ver animales en la superficie lunar: ¿Qué *llamaría* la atención de un observador terrestre? Ciertamente, ni su forma, tamaño ni ninguna otra peculiaridad similar, sino su notable *ubicación*. Parecerían caminar con los talones en alto y la cabeza agachada, como moscas en el techo. El observador *real* habría lanzado una exclamación de sorpresa instantánea (aunque preparada por su conocimiento previo) ante la singularidad de su posición; el observador *ficticio* ni siquiera menciona el tema, sino que habla de ver los cuerpos enteros de tales criaturas, ¡cuando es demostrable que solo pudo haber visto el diámetro de sus cabezas!

Cabe señalar, en conclusión, que el tamaño, y en particular las capacidades de los hombres-murciélago (por ejemplo, su capacidad para volar en una atmósfera tan enrarecida, si es que la Luna la tiene), con la mayoría de las demás fantasías sobre la existencia animal y vegetal, discrepan, en general, de todo razonamiento analógico sobre estos temas, y esa analogía en este caso a menudo equivaldrá a una demostración concluyente. Quizás no sea necesario añadir que todas las sugerencias atribuidas a Brewster y Herschel, al principio del artículo, sobre «una transfusión de luz artificial a través del objeto focal de la visión», etc., pertenecen a ese tipo de escritura figurativa que, con toda propiedad, se califica de jerga.

Existe un límite real y muy definido para el descubrimiento óptico entre las estrellas, un límite cuya naturaleza basta con mencionar para comprenderlo. Si, de hecho, la fabricación de lentes grandes fuera todo lo indispensable, el ingenio humano estaría a la altura de la tarea y podríamos tenerlas de cualquier tamaño que se necesitara. Pero, desgraciadamente, proporcional al aumento del tamaño de la lente y, en consecuencia, de su capacidad de penetración espacial, se produce una disminución de la luz proveniente del objeto por la difusión de sus rayos. Y para este mal no hay remedio dentro de la capacidad humana, pues un objeto se ve únicamente mediante la luz que procede de sí mismo, ya sea directa o reflejada. Por lo tanto, la única luz «artificial» que podría beneficiar al señor Locke sería aquella que pudiera proyectar no sobre el «objeto focal de visión», sino sobre el objeto real a observar, es decir, sobre la Luna. Se ha calculado fácilmente que, cuando la luz que procede de una estrella se vuelve tan difusa que resulta tan débil como la luz natural que procede del conjunto de las estrellas, en una noche clara y sin luna, la estrella ya no es visible para ningún propósito práctico.

El Leviatán de Parsonstown, telescopio construido recientemente en Inglaterra, tiene un espéculo con una superficie reflectante de 35 740 centímetros cuadrados; el telescopio Herschel solo tiene uno de 4 599. El metal del Leviatán tiene 1,8 metros de diámetro, 14,75 centímetros de grosor en los bordes y 12,75 centímetros en el centro; pesa tres toneladas y la distancia focal es de 15,24 metros.

Últimamente he estado leyendo un librito singular y algo ingenioso cuya portada dice así: *«L'Homme dans la lvne, ou le Voyage Chimerique fait au Monde de la Lvne, nouuellement decouuert par Dominique Gonzales, Aduanturier Espagnol, autremèt dit le Courier volant. Mis en notre langve par J. B. D. A. Paris, chez Francois Piot, pres la Fontaine de Saint Benoist, et chez J. Goignard, au premier pilier de la grand' salle du Palais, proche les Consultations, MDCXLVIII»*, de 176 páginas.

El escritor afirma haber traducido su obra del inglés de un tal señor D'Avisson (¿Davidson?), aunque hay una terrible ambigüedad en la afirmación. *«l'en ai eu»*, dice: *«l'original de Monsieur D'Avisson, medecin des mieux versez qul solent aujourdhuy dans la cònoissance des Belles Lettres, et sur tout de la Philosophie Naturelle. Je lui ai cette obligation entre les autres, de m'auoir non seulement mis en main ce Livre en anglois, mais encore le Manuscrit du Sieur Thomas D'Anan, gentilhomme Eccossois, recomendable pour sa vertu, sur la version duquel j'advoue que j'ay tiré la plan de la mienne».*

Tras algunas aventuras irrelevantes, muy al estilo de Gil Bias, que ocupan las primeras treinta páginas, el autor relata que, tras enfermarse durante un viaje marítimo, la tripulación lo abandonó, junto con un sirviente negro, en la isla de Santa Elena. Para aumentar las posibilidades de obtener alimento, ambos se separan y viven lo más lejos posible. En vista de esto, entrenan aves para que sirvan de palomas mensajeras. Poco a poco, se les enseña a transportar paquetes de cierto peso, que se va incrementando gradualmente. Finalmente, se baraja la idea de unir la fuerza de un gran número de aves para que carguen por el aire al propio autor. Se diseña una máquina para tal fin de la que disponemos una descripción detallada, complementada con un grabado en acero. En él vemos al señor Gonzales, con sus volantes de punta y una enorme peluca, sentado a horcajadas sobre algo que se parece mucho a un palo de escoba, y llevado en alto por una multitud de cisnes salvajes *(«ganzas»)* que tenían cuerdas que llegaban desde sus colas hasta la máquina.

El acontecimiento principal detallado en la narración del señor depende de un hecho muy importante que el lector desconoce hasta casi el final del libro. Las *«ganzas»*, con las que se había familiarizado tanto, no eran en realidad habitantes de Santa Elena, sino de la Luna. Desde tiempos inmemoriales habían tenido la costumbre de emigrar anualmente a algún lugar de la Tierra. En la época adecuada, por supuesto, regresaban a casa; y el autor, al requerir un día sus servicios para un viaje corto, es inesperadamente transportado directamente hacia el cielo y en un breve período de tiempo llega al satélite. Ahí descubre, entre otras curiosidades, que su gente goza de una felicidad extrema; que no tienen *ley;* que mueren sin dolor; que miden entre tres y nueve metros de altura; que viven cinco mil años; que tienen un emperador llamado Irdonozur; y que pueden saltar dieciocho metros de altura donde, al estar fuera de la influencia gravitacional, vuelan con abanicos.

No puedo dejar de dar una muestra de la *filosofía* general del volumen.

«Debo ahora declararles —dice el señor Gonzales— la naturaleza del lugar en el que me encontraba. Todas las nubes estaban bajo mis pies, o, si me permiten, extendidas entre la Tierra y yo. En cuanto a las estrellas, *como no había noche donde estaba, siempre tenían la misma apariencia: no brillantes, como de costumbre, sino pálidas, y casi como la luna de una mañana.* Pero pocas eran visibles, y estas eran diez veces más grandes (tanto como pude ver) de lo que parecen a los habitantes de la Tierra. La Luna, a la que le faltaban dos días para estar llena, era de un tamaño terrible.

«No debo olvidar decir que las estrellas solo aparecían en el lado del globo que miraba hacia la Luna, y que cuanto más cerca estaban de ella, más grandes se veían. También debo informarles que, sin importar que hubiera un clima tranquilo o tormentoso, *siempre me encontré entre la Luna y la Tierra.* Estaba convencido de ello por dos razones: porque mis pájaros siempre volaban en línea recta y porque, siempre que intentábamos descansar, *éramos transportados insensiblemente alrededor del globo terrestre,* pues concuerdo con la opinión de Copérnico, quien sostiene que el planeta nunca deja de girar *de este a oeste,* no sobre los polos equinocciales, comúnmente llamados polos del mundo, sino sobre los del Zodíaco, cuestión sobre la que me propongo hablar con más detalle más adelante, cuando tenga tiempo para refrescar mi memoria sobre la astrología que aprendí en Salamanca de joven y que he olvidado desde entonces».

A pesar de los errores marcados en itálicas, el libro no deja de llamar la atención, ya que ofrece un ejemplo ingenuo de las nociones astronómicas vigentes en la época. Una de ellas suponía que la «fuerza gravitacional» se extendía a poca distancia de la superficie terrestre y, en consecuencia, encontramos a nuestro viajero «transportado insensiblemente alrededor del globo», etc.

Ha habido otros «viajes a la Luna», pero ninguno de mayor mérito que el recién mencionado. El de Bergerac carece por completo de sentido. En el tercer volumen de la *American Quarterly Review* se encuentra una crítica bastante elaborada sobre cierto «Viaje» del tipo en cuestión, una crítica en la que es difícil decir si el crítico expone más la estupidez del libro o su propia absurda ignorancia astronómica. Olvidé el título de la obra, pero los medios del viaje están peor concebidos que incluso las *«ganzas»* de nuestro amigo el señor Gonzales. El aventurero, al excavar la tierra, descubre por casualidad un metal peculiar por el cual la Luna siente una fuerte atracción, y de inmediato construye con él una caja que, al soltarse de sus ataduras terrestres, vuela con él, sin demora, hasta el satélite. El «Vuelo de Thomas O'Rourke» es un *jeu d'esprit* no del todo despreciable y ha sido traducido al alemán. Thomas, el héroe, era, de hecho, el guardabosques de un noble irlandés, cuyas excentricidades dieron origen a la historia. El «vuelo» se realiza a bordo de un águila, desde Hungry Hill, una imponente montaña al final de la bahía de Bantry.

En estos diversos folletos, el objetivo es siempre satírico; el tema es una descripción de las costumbres lunares en comparación con las nuestras. En ninguno se intenta dar verosimilitud a los detalles del viaje. Los escritores parecen, en cada caso, estar completamente desinformados en astronomía. En «Hans Pfaall», el designio es original, en cuanto a un intento de verosimilitud, al aplicar principios científicos (en la medida en que lo permite la naturaleza caprichosa del tema) al viaje real desde la Tierra a la Luna.

CLÁSICOS EN ESPAÑOL

Esperamos que haya disfrutado esta lectura. ¿Quiere leer otra obra de nuestra colección de *Clásicos en español?*

En nuestro Club del Libro encontrarás artículos relacionados con los libros que publicamos y la literatura en general. ¡Suscríbete en nuestra página web y te ofrecemos un ebook gratis por mes!

Recibe tu copia totalmente gratuita de nuestro *Club del libro* en rosettaedu.com/pages/club-del-libro

ROSETTA EDU

CLÁSICOS EN ESPAÑOL

Una habitación propia se estableció desde su publicación como uno de los libros fundamentales del feminismo. Basado en dos conferencias pronunciadas por Virginia Woolf en colleges para mujeres y ampliado luego por la autora, el texto es un testamento visionario, donde tópicos característicos del feminismo por casi un siglo son expuestos con claridad tal vez por primera vez.

Oscar Wilde escribe una sola novela, *El retrato de Dorian Gray*; ésta fue el objeto de una crítica moralizante mordaz por parte de sus contemporáneos que no pudieron ver que dentro de una trama perfectamente compuesta se escondía toda la tragedia del romanticismo. Cien años después no ha perdido su impacto original y sigue siendo un texto fundamental para los debates sobre la estética y la moral.

Otra vuelta de tuerca es una de las novelas de terror más difundidas en la literatura universal y cuenta una historia absorbente, siguiendo a una institutriz a cargo de dos niños en una gran mansión en la campiña inglesa que parece estar embrujada. Los detalles de la descripción y la narración en primera persona van conformando un mundo que puede inspirar genuino terror.

rosettaedu.com

EDICIONES BILINGÜES

En una atmósfera constante de misterio y amenaza, *El corazón de las tinieblas* narra el peligroso viaje de Marlow por un río (sin duda el Congo aunque no es nombrado en el relato) africano. Lo que el marino puede observar en su viaje le horroriza, le deja perplejo, y pone en tela de juicio las bases mismas de la civilización y la naturaleza humana.

Durante décadas, y acercándose a su centenario, *El gran Gatsby* ha sido considerada una obra maestra de la literatura y candidata al título de «Gran novela americana» por su dominio al mostrar la pura identidad americana junto a un estilo distinto y maduro. La edición bilingüe permite apreciar los detalles del texto original y constituye un paso obligado para aprender el inglés en profundidad.

En *La señora Dalloway* Virginia Woolf relata un día en la vida de Clarissa Dalloway, una señora de la clase alta casada con un miembro del parlamento inglés, y de un ex-combatiente que lucha contra su enfermedad mental. La innovación de la novela es la corriente de consciencia: Woolf sigue el pensamiento de cada personaje, siendo excelente a la hora de narrar emociones, asociaciones y sentimientos.

rosettaedu.com

www.ingramcontent.com/pod-product-compliance
Lightning Source LLC
Chambersburg PA
CBHW061457210726
48287CB00007B/2549